或许你曾颠沛流离,却也因此熠熠生辉

愿你日后想起会被自己感动

周钰淇／著

线装書局

— Introduction —

引言　愿你日后想起

我今年二十二岁了。可是你或许不知道，动笔写这本书的第一个字时，我刚过完十八岁的生日。

从前，我总是很急着赶路。每天早晨天还没有亮就坐上了汽车，踏着薄雾，赶往学校去。在学校里，除了上课就是考试，无穷无尽，周而复始。每天晚上，夜幕降临，我才得以拖着疲惫的身躯回到家里，却还要被淹没在如山如海的作业里。

那个时候的我，脾气太硬，明明觉得很累，却还一心想着我一定要把所有的事情尽可能地做到最好。因为我无法面对一个不完美的自己，更别说将这样的自己展现给别人。所以我只能硬撑着。撑到最后才发现，自己好像一个木偶，好像傀儡，可是就是无论如何都不像我自己。

所以我渐渐地开始用文字去宣泄我对自己生活的不满。

直到一次偶然，我写了一篇文章，引来了诸多网友抨击和争论。然后，我开始反思之后发现，原来在不知不觉中我的文字变得过于锋利，变得不那么平易近人，锋利过后慢慢地变钝了，变钝了之后就是暗淡无光，然后陷入瓶颈。

我开始不敢再写了。

直到去了新加坡以后，静下心来，在独自一人的夜里，我终于有机会开始审视我自己的过去，然后与它们坦然和解。归根结底是因为，我太要了，太自私了，太爱我自己了。

我开始去寻找一个平衡点，试图透过这个平衡点去收纳这些平凡却又充满爱意的温暖，我一边寻找，也在一边请求这世界体谅我曾经的渺小、不安和脆弱。很感激的是，这个世界一声不吭地容纳了我的坏脾气，我的情绪化还有我背上锋利的刺，也给了我许多的小确幸和小惊喜。

很感谢在我身边不停兜兜转转的好心人，让我有了些许的改变。我开始在思考，我到底凭什么去和这个世界碰撞，我到底哪里来的勇气说世界对不起我？

这些人来得正好，他们就像大雨瓢泼的时候用来挡雨的伞，闲适的下午茶里用来配马卡龙的红茶，正式场合中用来点缀西装的胸针,又或者,有时候,当生活给了我一记响亮的耳光,那么他们就是生活给了我耳光之后,又赏我的糖。

这几年,我学会了如何自己一个人生活,和自己对话,听自己内心的声音。身边匆匆经过的人有很多,有人给了我伤口,也有人帮我将它们抚平。当我独自一人,内心快要冷冻结冰的时候,也会有人靠近我,温暖我,支撑着它,让它回到炽热的温度。身边的人总是不断地在变化的,只是后来我渐渐地发现,其实无论他们如何变化,无论每段旅程走到最后,在路的尽头,又该经历什么样的别离,这一路上他们所给予我的温暖都是我无论如何也不能或者说无法轻易抹去的。

这本书里的文章都是在新加坡这段时间,我写得最用心的文字。里面的人物都是真真切切存在的。有些是发生在他们身上的故事,有些纯粹是由他们身上所得到的感悟,对我而言都是经历,也都是获得。谢谢出现在这本书里的人物,是他们丰腴了我的生命。

谢谢独自一人生活的这段日子。如果没有十八岁的这段义无反顾的经历,我从来没有想过,原来有一天,我自己一个人可以生活得很好。一个人看书,一个人吃饭,一个人睡觉,一个人喝咖啡,一个人赶地铁,一个人仰望,一个人思念,一个人走走停停,一个人自言自语。忽然发现,即使天很容易黑,心也容易碎，但是所有一个人的瞬间，都足以写成一部电影，诉尽别离，品尽悲欢，那些看似孤单的时刻，也是我返璞归真的狂欢。也终于发现，原来我也可以把所有的坎坷都活成了温暖。

或许你也曾和我一样，矛盾，纠结，不敢爱，又怕受伤。当你读完这本书里温暖的文字之后，愿你能因这些文字而感同身受，更重要的是，从这些文字里学会如何去爱和被爱，也希望我曾经的倔强和锋利在长大之后能成为你的暖阳。

谢谢你，让我能够在回忆里将遗憾弥补，卸下坚硬的铠甲，与世界握手言和。愿你日后想起时，会被自己感动。

目录

— Chapter 1 —

别随意说你爱我

记得那天天气很好，傍晚的时候，学校楼下常去的那家Coffee Bean，从窗外看过去，里面满满的全是人，走进去里面却安静得很。他们或是在谈事情，聊天；或是一对情侣坐在懒人椅上，两个人喝着一杯咖啡，打着情，骂着俏；又或者是自己一个人，静静地坐在那里想些事情。

我和Mdm R没办法，只好选了一个室外的位置坐下。

Mdm R是个印度人，五十多岁，胖胖的，皮肤黝黑，风趣且幽默，她教我英语。

过了很长的时间，她忽然对我说，觉得我最近的状态很不好，问我是不是有了女朋友或者男朋友，就算有男朋友也要告诉她，她很开放的，但是最近还是不要谈恋爱比较好。

我顿时语塞，更觉得她直爽得可爱。

只好笑着摇了摇头。

恋爱哪里是说来就来,说有就有?它又不是例假,怎么可能有一个标准的时间要求它一定要按时到达?更何况,就算是例假也会有不准时的时候。恋爱一旦来了,一般都是来势汹汹的,一丝不落地调动你所有的兴奋点,激发你的荷尔蒙。有时候你根本就不知道,当局者迷旁观者清,当旁人一语道破,你才恍然大悟。

别说我胡诌,我是个实在人,说的都是实在话。不信,无论你是结婚还是未婚,亦或者是谈过恋爱的,都自己扪心自问一下,是不是有这种经历。那些准备谈恋爱的纯情少男少女,你们不妨先学着,以便能做好准备迎接一场恋爱的到来。

先在这里说明一下,恋爱需要前提,而这个前提就是,你要先有个喜欢的男生或者女生,而且人家也要对你有意思——反正,我是没有。

在我的爱情观里,就是一句话:我不轻易说爱人,你也别随意说你爱我。

我很赞同丁丁张说过得一句话:“没长大,别出来爱人。”

原因很简单,因为你不配。

没断奶,该怎么爱?

很久之前听的一个发生在我身边的故事。

总是相亲小姐的条件不错,是学校的学霸级人物,即使如今毕业,工作也令人称羡,一切顺风顺水,但年纪渐渐大了,她妈妈怕她成为剩女,于是开始张罗着帮她寻找相亲对象。

清华大学化学系的研究生,嗯,符合丈母娘的要求。

于是便安排了见面。见面那天,那个男的浑身上下全是紫色的,连手拎的包包也是紫色的,简直是,娘爆了!这些都不要紧,能忍,问题是,这男的,情商还特别低。去了一趟厕所回来,竟然怀疑人家往他的咖啡里放氰化钾。

听了这个悲伤的故事,我只能说:屌丝注定孤独一生。

一个情商那么低的人,怎么会有能力去谈恋爱呢?连情都不会,怎么爱?所以在情商没变高之前,还是别轻易说爱了吧。

过了十八岁之后慢慢地就会发现,身边的朋友啊,一个个陆陆续续都开始为恋爱忙碌着。恋爱是件好事,应该给予祝福。可是恋爱却不应该被当成一种工具和目的。之所以这么说是因为情场先生。

无疑,他是一位情场老手。身边是流水的女孩铁打的他。对他而言,恋爱不过是为了炫耀的工具,他唯一的目的不是找个情投意合的伴侣,而是为自己和别人营造出万千宠爱于一身的假象,让旁人都以为,他的生活满园春色,活色生香。对他而言,女人就如同一件衣服,总要秀场上的最新款才好。他英俊也的确多金,引得那些女孩子们个个争先恐后朝他飞来,环肥燕瘦,什么类型的都有。她们徒然都以为自己是娇艳的蝴蝶,殊不知,她们不过是扑火的飞蛾。

年龄到了,恋爱自然是件顺理成章的事情。可是为了恋爱而恋爱,不仅可笑,也不公平。两个人要在一起有时候比分开要难。不管是谁追谁,在一起之前一定会经历过一段漫长的跋涉,这个过程好比登山,有时候一定得爬到山顶汗流浃背才能等到破晓的时分。可是有时候两个人的分开,却又显得不值一提。可能是因为一句话,可能是因为一个动作,无论再显得如何无理取闹,小题大做,都可以成为分开的理由。

其实我挺害怕去爱的，那是件很辛苦的差事。追根究底，还是害怕受伤。

我总是打心底佩服那些被爱情伤透了还能越战越勇的人。恋爱是要谈的，但于我，却不希望它是随随便便的，它不能是没营养的快餐，也不能是路边摊十元三件的恤衫。我允许在恋爱中受伤，却不允许一直受伤。我不愿自己受伤，我也不愿意另外一方受伤。

在爱中受伤，是件很平常的事。但经常受伤，就该另当别论了。在我看来，那是没有长大。一个人爱上另一个人，是偶然。他们相爱，然后相互依赖磨合，一起在恋爱中变得成熟。恋爱在于质量，而不是数量。有的人一次就成功，有的人硬是把自己磨成了剩男剩女。反反复复，行走在不同的人身边，可是每一次的结局都是一样的，那样是没有意义的。第一次、第二次谈恋爱已分手告终，没关系，可以慢慢来，因为你需要经历需要成长，但是次数多了，就显得随意了，不那么在乎了，恋爱中的干柴烈火，我爱你就像变成了一句习惯性的口头禅，乏味而无力。这个时候，换做是我，我一定会叫你退回原厂，因为你根本还没有学会爱，所以先别急着爱人。

如果当你对我说的我爱你，只不过是一句随随便便就脱口而出的敷衍，那么你还是免了吧。

放心，我一定不会这样。

谈恋爱需要情商。

说爱的时候，请确保你已经断奶。

2013.12.17

有时候啊，我就常常在想，爱是温暖的火炉，也是艰难前行的时候背负的重担。爱一人很难，被自己喜欢的人爱也很难。以至于常常昏头昏脑，爱往往就成了一件烦心的事。其实，无论是爱与被爱，都是一件好事，一件值得慢慢品味的温暖的幸福的富有感染力的欲罢不能的事，或许正是因为它这种耐人寻味的魅力，越来越多的人选择去试探它。但是一言不合就说爱，反而容易让爱显得廉价，因为爱其实是奢侈品，可是越来越多的人，还没学会怎么爱就急着爱人，一来二去，什么都没得到，却徒留了人渣和婊子的骂名。

— Chapter 2 —

在爱里我们必须做的事

前些天读报，在报纸上看到作家六六文章中的一段话，感觉还是挺赞同。她说："饭菜这个东西，有点像过去的媒妁之言，如果实在无从选择，第一次相处看着再难看的对象相处久了，都会有感情生长，若相处的足够长，还有依恋。"

人是一个极大的矛盾体，有时候就连自己都搞不明白是为什么。人是感情的动物，那些所谓的理性，不过只是虚假的皮相罢了，其实内心里还是用感情来说事的。无论是男人还是女人，众生平等，都是感情这场战役中的俘虏，没有谁能幸免于难。只不过有许多人，不屑或者不敢去承认。

这一大部分的人，通常都是男人。惯性思维里，女人被评定为感性动物，男人被称为理性化身。感性被视为是作为女人的一种天性，若一个女人感性好像便会很吃得开似的；但倘若一个男人被评价为太过感性，似乎便会是一道很难跨越的坎。男人好面子，总是假装洒脱，但现实里，冷暖自知，其实总是身不由己，他们通常都很愿意用理性的面具去掩饰一个真实的自我。

女人则不同，她们总是很好地发挥和利用了自己的天性。她们找男人，找一个可以宠自己，任凭自己又哭又闹的男人。她们很清楚地知道希望自己是这场情感赛跑的中心。于是，大多数的男人不懂如何去处理他们的感情，他们很难去给自己的感情找一个合适的位置，恶性循环，就好像穿了一双不合脚的高跟鞋一样；女人们把自己的感情完全投入到她所爱的那个男人身上，于是顺理成章地结婚生子，位置合适，万事便也就理所当然。

说人是矛盾体，一点也不为过。女人的感性虽然挺好，但也是一个有瑕疵的花瓶。因为感性助长了她们的胡思乱想，有一部分的女人总是担心着，诸如："我的男人有外遇了"、"他为什么不理我，是不是我不够好"、"我好像不是他的菜" 等等本不需要她们担心的问题。究其原因，都是因为摆不正自己所扮演的角色的位置。而另外那一部分生活得很幸福的女人，往往都很清楚 "我是我爱人心中的唯一"。因为她很清楚，她在他心里的位置是举足轻重的，根本不需要怀疑。

在这里真的不得不提到我们的没有安全感小姐。

没有安全感小姐，喜欢烈焰红唇，喷气味浓郁的香水，当她在四楼的时候，你在五楼已经开启高能预警的那种。假睫毛要贴两层，眼线的尾部要高飞到太空去。喜欢裹精致性感的黑裙子，蹬十几公分的高跟鞋，扭动她的小蛮腰。总是装出一副御姐的模样。

她很怕别人的窥探，也禁不起旁人的窥探，因为她很没安全感，打扮成那副大姐大的模样，只不过是为了保护自己罢了。

同样，因为她的没有安全感，生活总是平添了许多烦恼。她总是止不住自己的狐疑。她对自己是没有足够的信心，总认为自己不够完美。

她会因为男朋友身边的工作伙伴是一个曾经参加过选美比赛的女生而生活在忐忑之中，她会因此和男友发生争执。

“反正人家本身就比我美，你那么喜欢和她一起工作，一起吃饭，那我们分手好了，以后你就用不着管我了，我这样的女朋友只会让你丢脸罢了。”

“她是比你漂亮，可我爱的是你啊。能一起生活的人也只有你。”

在这个时候,男人的理性似乎便显得可贵一些,至少在双方而言,虽然有些时候自己就像是一个感情白痴,但终究比较不那么情绪化,他们的捍卫面子的理性,在潜意识里告诉他们,哪里才是这盏感情天平的平衡点,哪里才是最合适的位置。

两个朋友相处,刚刚开始看不顺眼,往往就是在通往彼此心里的这条小路上,并没有找到正确的方位,但是走着走着,慢慢地,一次又一次的磨合与默契,也就完成了位置的搜寻,位置找对了,把“不顺眼”也就成了“依恋”。

就像我和鼓手先生。

我是同时认识鼓手先生和好好先生的。但我觉得我有必要坦承一件事,一开始见到鼓手先生的时候,其实看他并不顺眼,甚至有些讨厌。因为他给我的第一印象并不是太好,有些吊儿郎当,不像乖小孩。所以内心里,我一直对他有所防备,关系并不亲密。

一直到高一年上学期的期中考后,我和他成了前后桌,我对他的看法才有所改观。

慢慢地我才发现，原来他是这样的一个人：善良仗义，有想法却没坏心眼，有些闷骚自恋，有着汉子的粗糙，内里却透着他不善于表达的柔情和温暖。

我开始选择敞开心扉去接纳他，忽然间，我发现，其实，在我的心里可能本身就有那么一个位置是为他准备的，只不过当时的我浑然不知或者由于主观判断的失误而不愿意承认。又或许，我的身边本身就需要他这样的一个人，有着自己的打算，如同我一样执着。从不泼我冷水，却愿意陪我紧握着手上的执拗，去寻找诗和远方。

感情是需要找位置的，无论是正在进行，还是已经过去，都是这样。我们都在不停地寻找着，找到一个合适的位置，然后给自己一条退路。就好像，如果你很爱一个人，最后却没有走到一起。你不必穷追不舍。只不过是他不适合在你心里定居。你一定会找到一个比他更适合的人。如果你真的很爱那个没有和你走到一起的人，那么潇洒地放手，然后祝福，是一个明智的选择。那并不是你不爱他，并不代表你软弱或者逃避，只是你不愿意伤害他，你只不过是在为你的感情找一个合适的位置。毕竟，这是我们在爱里必须学会做的事。

有的人就是因为太重要，所以只适合做朋友，因为朋友往往比爱人走得更远。

这是同样的道理。

世界上最大的遗憾就是，原先和你一同并肩前行的人，和你渐行渐远，你却无能为力。在位置合适的时候相遇，在不合适的时候分开，都是公平的。平心静气，和世界坦诚相待。上一秒相聚，下一秒分开。合适的时间，做合适的事。如此，我就能够更加坦然地去接受一切，无论是对待友情还是爱情。

越长大，就越不会挽留，反而更希望能够顺其自然。强求的感情会心慌。

谢谢在合适的时间与我相遇的人们，谢谢你们找到了合适的位置，进入我的生活。同时，也谢谢你们，适时退出，我不挽留不是薄情，是因为我明白，你们选择离开，是因为我们都完成了在彼此生命里应该承担的使命。在我的生命里，你们已经找不到合适的位置去容纳自己。

相信，我在你们的生命里也是一样的。

安。

2013.10.23

我几乎没有理由去批评没有安全感小姐的患得患失。我能做得更多的或许是把她的经历写下来，然后拿她的经历来自嘲。我曾经陷入一个怪圈：在我心里觉得这个朋友很重要，所以在他的眼里我也必须得是很重要的那一个。说白了其实就是自私。

回过头来想，其实我们何尝不是在流浪？从这颗心上，流浪到另一颗心上，总会有一颗心为你留下一个合适的位置。没有谁非得陪彼此过上一生，不能强求别人的心里一直有你，也不能强求你对他永远如同初见般重要。岁月是场慢性流浪，远方依然是远方。承诺太轻，永远太远，我们唯一能做的不过是当下的珍惜和满足。

— Chapter 3 —

暧昧是个好东西

几天前我在微信的朋友圈上发了一张图片。那张图片是这样的：我的右手带着戒指，然后自然地牵着鲨鱼小姐的手。并配上文字："事情就是这样。"

朋友圈的各位"八卦小报"的"记者"开始不断地询问我是不是恋爱了，有的还要我放亲吻的照片。我只觉得好笑，进而是觉得我的这些家人和朋友真的很可爱。

然后我在这条状态的评论栏里，统一回复：看到你们这样想，我就放心了。随后我删了这条状态。

晚上，好好先生照常和我微信。

"你和她真的在一起啦？"

"哈哈，没有啊，开个玩笑，试一试你们的反应。"

“你这样真的好吗？”

“什么？”

“你这样牵着她的手，还拍照，真的好吗？”

“哈，又没啥，不过开个玩笑。”

“你这么做你爸爸知道吗？”

“当然知道啊。”

在性、爱情这一块，我一直都不是保守派，我很开放的。我也一般都不会往那个地方想。我一直都有一个自己的原则，绝不会和最好的朋友谈恋爱。久而久之我便也不担心自己会一不小心就逾越了界限。因为已经习惯了。也就是因为这一份习惯，所以无论是和同性朋友还是异性朋友在一起，都相对会放得开一些。

好吧，我承认我是一个比较没把性别界限放得很清楚的人。但我也还是有度的。

“男女授受不亲”？近乎有些荒唐。

我经常和我要好的异性朋友勾肩搭背，拍拍肩膀，摸一摸头，有时候在有必要的时候，还会牵一下手。因为我觉得很正常，我这么做又不犯法。法律上又没有明文规定，不是男女朋友关系就不能拍肩、摸头、牵牵手。若真像有些人说的，我这么做是不检点、不尊重对方，那么天下的那些兄妹、姐弟不就都人人自危？

对待同性间我好像也这样，当然，牵手是不会的。拍拍肩、摸摸头，有时候说一些暧昧的话，倒也不无伤大雅。因为都当成是开玩笑来的。凭什么女生间可以这么做，男生间就不能呢？

好朋友才会给你机会搞暧昧，换做旁人，门都没有，最主要是，我也不赏这个脸。

我一直觉得其实旁人给暧昧贴上的标签太过于公式话，或者说太肤浅。难道暧昧中一定会有爱情在萌芽？以爱情为目的的暧昧和以友情为目的的暧昧是完全不能等同的。因为两者的出发点根本不同。一个为爱情，一个为友情。难不成，在大部分人的世界里友情等于爱情？

很多时候，暧昧不过是一种陪伴。当我们被命运推向了彼此生命的同时，陪伴不再是单纯的路过，而是留下来，在对方的生命里留下一段，或者剪下这么一段，在彼此最需要温暖的时候，转过身，让对方一眼就能看到你，给他力量，成为彼此的星辰。

我和鲨鱼小姐之间就是这样。

她住在离我不远处的组屋，和她的监护人住在一起，距离我住的地方，步行大概十分钟左右。她的监护人常常出差，留她一人在新加坡，她妈妈也因为忙于事业，许久才得空来看望她一回。小女孩敏感、胆小又多疑，偏偏她属于想象力过分丰富的，一个人的时候，她总爱自己吓唬自己，胡思乱想，好几次差点没把自己吓哭，然后就会给我打电话，让我去陪她。她家是个三居室，有时候晚了，她便会留我下来，我就睡在另一间房间里，然后隔天早上我们才一起去学校。

这是件再简单，再单纯不过的事情。或许不明真相的人看来会觉得我们是暧昧不清，可是也只有我们自身才会明白——

很多时候那些所谓暧昧的内核其实是温暖的陪伴。

暧昧好像挺讨人厌。几乎找不到对它过多的正面评价。我大概算是另类吧。暧昧其实是一件很有情调的事情,这么说,不过是求实,并不存在什么装不装。事实也的确是这样。但似乎很困难,因为暧昧有质量的高低,它取决于人的段位的高低。暧昧的质量和人的段位成正比,这都是不言而喻的。

嗯,自然了,要有度。

无论是哪种类型的暧昧,其实都挺好的。两个人在一起,通过暧昧来表现出对对方的感觉,否则怎么可能有爱情的开花结果?在这里面,目的明确,两个人之间扮演的是“准恋人”。但是友情里的暧昧,是友达以上,恋人未满的。那种感觉真的很微妙,两个人所扮演的角色,更像是兄弟姐妹。自然,因为是兄妹，所以，相处起来，也要更像兄妹一些。哥哥保护妹妹，姐姐保护弟弟。久而久之的那种暧昧，长时间没有出现，还会想念。

在爱情里，暧昧是感情的突破口。但在友情中，暧昧仅仅只是一种关系好的表现。

暧昧是个好东西，请好好享受。珍惜每一个愿意和你玩暧昧的人。

2014.1.9

说起这篇文章的由头其实很有趣。起初真的只是觉得写着好玩。因为我不是一个喜欢随随便便给别人贴标签的人,所以也不喜欢别人给我贴标签,仿佛是一种自我设限,难受得紧。其实我也不止一次听到旁人说双子座很滥情,真是替他们感到委屈。他们其实不是滥情,只不过是情绪过于饱满,感情过分细腻,富有情趣,热爱生活罢了。毕竟生活中乏味的事情太多了,对着自己喜欢的人暧昧一下,恰到好处,赶走乏味,是生活再次复苏的一针调和剂。希望这篇文章能为双子座正名。虽然我知道或许会有人说我三观不正,可是生活已经够无聊的了,拜托了,这本来就是一个不需要时时刻刻一本正经生活的时代。

— Chapter 4 —

我青春期里的爱情未满

“你儿子谈过恋爱吗？”初中的班主任曾经担忧地问我老妈。

“他绝对没谈过。”我老妈斩钉截铁地回答道。

“那为什么，他写得出谈情说爱的词句呢？”

到目前为止，我的的确确没有认认真真、正正经经地谈过一场轰轰烈烈、踏踏实实的恋爱。但我老妈不知道的是，我曾经确确实实爱过。

那是一份纯净洁白的感情。我猜想，也许，再也不可能拥有了。

七岁，第一次见到她。那个时候，我什么都不懂，只觉得她是最漂亮的女孩子。浓浓的眉毛，黑亮明净的双眼，卷翘的睫毛，唇红如玫瑰，发黑如乌木。童话里的白雪公主，大概就是她这个样子的吧。

八岁那一年的春游，在数学老师的怂恿下，我第一次牵了她的手，牵了一整天，她去哪儿，我就去哪儿，没有松开过。

那一天，她穿了一件苹果绿带格子的连衣裙，里面穿了一件白色的套头衫，格外醒目。

我还记得，曾经有个男孩子也喜欢她，想和她牵手，她不肯。那个男生问她为什么只和我牵手，不和他牵手。她说："你太胖了！"于是那个男生回家后，一星期都没吃过饭。

就这样，我们走得越来越近。每周都见面，有时什么都不说，就是互相看着，也很开心。我成了她每年生日一定会邀请的唯一一个男生。每年的生日礼物，我都变着法子送，没有重样过：手套、围巾、项链、钱包、巧克力……

就连放寒暑假的时候，我也常常会在她家里，并不是去玩，就是很简单，她对着电脑玩游戏，我坐在沙发上静静地看书。看久了，她会去厨房帮我倒一杯水，就像是在生活。

或者，时间久了，我便问她："饿吗？去吃点东西吧。"

有时,这样便是一天。

我很享受这样的状态,简单而纯粹,不过分浓烈,却也不平淡乏味,不急不躁,慢条斯理。在她的面前,我可以毫无顾忌地卸下我身上所背负的重担。和她在一起,我可以很简单地做我自己,不用害怕受伤,不用在意别人的眼光。她永远不会嘲笑我的蓬头垢面,在我面前她也可以不用太修边幅。

在我的心里,早已将她请进了我的生命,青梅竹马也好,两小无猜也罢,她就是一个于我而言如同后天亲人般的存在。很多时候从某种意义上来说,她又像是除了我父母以外的,我的另外一件铠甲。她不会在意我是否光鲜亮丽,也不会在意我是否蓬头垢面。她是一个很容易满足的好女孩,就如同一块璞玉,晶莹剔透,未经雕琢,却足以吸引我的目光。

十六岁,我们进了同一所高中。我想和她真真正正、好好地谈一场。却发现,不可能了。我做不到,因为舍不得。

虽然,她知道我喜欢她,我也明白她喜欢我。

但是,这份难能可贵的纯白的感情,我没有勇气让它染上情情爱爱的色彩。我不忍心,我下不了手。我发现,我们早已是分不开的亲人。倘若我们有一天以情侣的身份分手,能回到从前的几率又是多少呢?

于是我们决定,从那天开始,只做兄妹,再无其他。这样的关系,才是我们最佳的状态。

我想起了《那些年,我们一起追的女孩》中柯景腾和沈佳宜最后也没在一起。

他们没在一起是因为任性而错过。我们却不同,我们没有在一起,是因为理性的选择。所以并不遗憾。

我选择做出这样的决定,心甘情愿,没有任何的无可奈何。这一辈子,很多人,走着走着就散了,说实话,有时我也会怕,我们就这样悄无声息地散了。

有段时间,我甚至不敢去想象那种未知,空虚,又无助。可是,当我真正去面对我自己的时候,当我做出了这样的决定,我忽然感觉到心安,不彷徨,也不迷茫,反而很踏实。

爱情之所以称之为爱情,是因为它能使你的内心有一阵一阵的冲动,有许多的未知,你根本不知道结局。那是一种很奇特的感情,它逾越了友情的界限,亲情却凌驾于它之上,它则尴尬地处在它们之间。这或许也是它存在的魅力。爱情是激情的糖衣，爱情有保鲜期，它会因为激情的褪去而失去原来的味道，进而衰败。坚持下来的，会把它升华成亲情，坚持不下的，便只好脱下这件褪色的衣裳。

两个人在一起久了，便会熟悉，我和她便是太过熟悉。她的声音、她的一颦一笑、她的小习惯，我都一清二楚。就是因为太熟悉，所以我们不能在一起。因为早已离不开。爱情会离开，但亲情永不眠。

有一种爱情是不需要有结果的。因为，它的意义，远远大于它的结果。最感谢的是，她的出现，成全了这段没有结果的所谓爱情。而你，就像是一个傻瓜，沉沦于其中，魂牵梦绕，却又心甘情愿。

这份感情，于她于我，都不过是心里明了足矣，曾经爱过足矣。

毕竟，我们一起看过青春期里最梦幻的星空。

在我的青春期里，我曾爱上过这么一匹温顺的绵羊，虽然我的心里也有草原，但我和她想拥有的，不是胆战心惊，而是做陪伴彼此走完一辈子的那个寥寥。

有一句话很想，却不敢告诉她：

“我爱你，是我做过最好的事。”

——感谢我们彼此的坦白与自然。

2013.11.9

依旧是可以见到我骨子里那个念旧的影子。我一直都是这样的。

她是我的初恋，但我更愿意称她为恋人未满小姐。友达以上，恋人未满，比一切可以想象的所谓美好都更加的圆满。听说过一句话："陪伴，是最长情的告白。"当我选择了回归到原点，再别无他想的时候，我更加真切地感受到陪伴比一切的承诺要来得可靠和温暖。认识她真的已经很久了，如今她已然在福州读大学。算起来，我和她已经许久没有见面，彼此忙碌，即便偶尔通电话，也常常来不及详谈，想起手边还有许多事情没有完成，便匆匆挂了电话。

很感谢我的心里一直住着一个这么美好的人，因为如果不是她，我或许不会知道或者明白，原来我不仅仅被爱着，我也同样拥有去爱一个人这般难能可贵的能力。

— Chapter 5 —

我们都会败给命中注定

你相信命中注定吗？

我信。

那是什么时候？

当你爱上一个人？当你离开一段回忆？

或者当你渴望和那个没了缘分的人有一场雨中的相逢？

有些事情说来就来啊，哪需要什么时候。缘分这种事情是说不准的，你永远也弄不明白着到底是为什么，也别想弄清为什么有人在一起，有人会分开；有人吵架越吵情越深，有人说分开就分开，果断、决绝，连吵架都懒。

我从不会因为谁和谁相爱、谁和谁分手、谁和谁闪婚、谁和谁离婚而感到讶异。实际上在离婚和闪婚、结婚已经成为一种潮流的今天,为此而大惊小怪,未免也显得太过于小家子气了些。

一切都该顺其自然。因为一切都是命中注定的。就好像有一天当你习惯性地打开某个曾经跟你玩得很好的朋友的QQ空间,突然你发现再也打不开,取而代之的是这样一段话:“由于空间主人设置,您无权进行访问。”又或者某个很好的朋友在你毫不知情的情况下对你的微博取消了关注。再不然,曾经那个你以为一辈子就跟了他的人,与你分手了。这些都没有什么好奇怪和讶异的,顶多,是内心里会有些许惆怅——为那些曾经美好的时光。或许一两天,或许一两个月,时间会愈合所有你以为永远好不了的伤口。

人与人的相逢,需要天时、地利、人和。若是相遇的时间不对、地点不对,那么就算做了再多,也还是说散就散的。

我们总是习惯性地许诺。这也是无可厚非的。因为可能在你许诺的那时那刻,你认为那是有意义的、有必要的。这就足够了。无论是你是我,都有一天会败给命中注定。因为命中注定,所以有一些诺言会被实现,而有一些诺言终将失效或被遗忘。并不是只有被实现的诺言才有价值。诺言是不能用肤浅的价值衡量的。意义和价值不同。它比价值珍贵多了。万物都有距离,诺言的意义就承载着这段距离之间的所有回忆。既然习惯了许诺,就要学会渐渐将这些诺言变成回忆,完好地安放在你的脑海里。

不是我这个人太薄情,而是我的生活还是要继续,时间的齿轮在走,我没有太多的时间和精力去沉浸在一段已经有了结果的事实里无法自拔。一切的命中注定不是为了让你痛苦,而是为了让你生活得更好。

昨天晚上在朋友圈看到很会唱歌小姐发了一条朋友圈,说:“朋友真的是要常联系的,不然你都不知道她发生什么,然后慢慢就疏远了。但如果真的在意你,即使不找你,也会在心中为你留一个位置,但还有一种可能那就是慢慢觉得你不再那么重要。”

我是相信命中注定的。有些时候很奇怪,并不是你不愿意去和某一个久未联系的朋友联系,而是因为你因为时间过了真的太久了,你真的不知道该跟他说些什么。怕接通电话的那一刻语塞,怕电话那头的声音让你觉得陌生。所有的害怕,让联系变得困难,而你也不想克服困难,久而久之也就发现没联系也没什么大不了,于是你们的缘分也就尽了。你们也就都败给了命中注定。但有的朋友却不会。想起的时候,你会很自然地就拨通那一个号码,不会犹豫,也不会不知所措。

你们不需要经常联系,可能是两三个月,两三年不联系,再次联系上的时候,你还是能庆幸一切如初。

我们都误解了命中注定的意思,以为命中注定的都是一些不太好的东西。其实我们在生命中遇到的每一个朋友都是注定会相遇的。没有前世的相欠,哪来今生的相逢?那些与你因为长时间不联系就疏远的朋友,其实在你们最初遇见的

那一刻就已经注定会分开。他们只不过是生命中那些过客里驻足停留得比较久的一个,因而在你和他们告别之后,心里会忽然感觉到空了。而那些和你长久不联系,却依然如旧的朋友,便是命中注定要和你一起牵手旅行。

有些人就算隔着再远,千里迢迢都能来相会。有些人就算生活在同一个城市,就算再多想相见,就是注定遇不到。

我的朋友胆小鬼小姐,刚刚分手。从热恋的烈火里跌入了冰窖。我不知道该怎么去评断她的那位前任,如果一定要找一个词来形容的话,三点水再一个检查的查,应该最适合他。渣男年年有,今年特别多。只不过,像他渣得如此有特色的奇葩应该是稀世珍宝。

话说回来,分手本来就是两个人的事情,关起门来,私下坦诚相待,说明白,讲清楚,断掉念想,说声再见,未来能做朋友做朋友,实在没办法做朋友就做最熟悉的陌生人就好了。可是胆小鬼小姐的这位极品前任,却不愿意。摆出一副圣母白莲花的姿态,拿出了豪情万丈,准备要和胆小鬼小姐来场第三次世界大战的气势,四处散播谣言,逢人便说他俩的分手全是因为胆小鬼小姐对不起他在先。在别人面前,这位极品的前任永远楚楚可怜,为的只是让胆小鬼小姐身边的人都离她而去,让她孤立无援。

爱一个人没有对错,这不是一道是非题,一切都不过是感觉。不可能把它当成是一场博弈,或者是一场角力的拔河,没有谁是最后的赢家。从前爱得炙热狂烈,不如在分开之后好好保护曾经脆弱的美好。很多命中注定的事情,败了就败了,不是非得用争个你死我活就能有所改变。

我们总是祈祷快点遇见一个对的人，也总是抱怨自己每每遇见的都是错的人。其实倒也没什么可惜。一切的错误，都是值得的，都是为了让你找到更适合的人。无论曾经遇到过谁或者和谁分开，都是我们在最美好的时候应该留存的回忆。来的时候好好相遇，离开的时候好好告别，互不亏欠。来日有缘相逢也好，相忘于江湖也罢，余生各自欢喜就好。

有时，你极力地想说服自己，却又不得不承认。世界上哪来那么多的巧合。也许有吧。凡事讲究概率，概率有偶然性和必然性。所有的事物都是这样的。第一次的巧合你可以把它自然地归咎成偶然，但到了第二次的时候，便不再是单纯的巧合，它具有了必然性，只不过我们总是选择了口是心非。凡事不过三，到了第三次，你还是放弃挣扎吧，这时它有一个新的名字，叫作命中注定，它是你难逃的宿命。

无论是在友谊里，还是在爱情里，都是一样，有些人，就是用来错过的。最好的总是会在最后才出现，这需要时间，而你要等。

2013.12.21

任何一段关系都有可能如同周瑜和黄盖，一个愿打一个愿挨，也有可能又如同扑火的飞蛾，明知道前方的光亮是个陷阱，却情愿坠入无尽的深渊。即使真的有命中注定的事，我们向来无权责怪命运。说到底，对于一路走向永远的人，命中注定不过是它们对于幸福和温暖的谦辞；对于半途渐行渐远的人，命中注定其实也不过是想为过去找个理由，好好告别，重新开始，无关是非，也没有对错。

— Chapter 6—

我上辈子的小情人

亲爱的丫头：

我是你的父亲。这一辈子在这个世界上除了你妈妈以外，最爱你的人。我知道，当你看见我写的这句话后，一定会露出微甜的笑。但这的确是真的。我知道，在不远的将来，你长大以后，你还会再遇到一个爱你的男人，那是你的丈夫。但是，我敢保证，他一定不及我如此爱你。

因为你和我在上辈子就已经结缘。你是我上辈子的情人。

我无时无刻都在想象着你的模样。因为现在我还没有见过你。但我想，你一定是善良、温柔而且美丽的。我听我的长辈们说过，人的有一些习惯是从上一辈子带来的，因此生性难改。上一辈子到底发生了什么，我已经记不清了，请容我大胆猜想猜想。不是我老了不中用，而是我上次走过奈何桥时喝了太多孟婆汤。

这一辈子我的眼光太挑剔，所以我上辈子也一定如此。以此类推，从前我一定是因为你的善良和温柔而被你吸引。这一次，如果我们再重逢，希望你还是这样，然后好好保持着这些美好。最好不要变，因为所有的这些都是纯白的本意。你会慢慢地长大，所以你也许会变得和小时候不太一样，不过没有关系，爸爸只希望你记得，也许你变得不如从前般美丽，也许你并不够温柔，但只一点，你一定要善良如初。

有一件事情我想提前告诉你，如果你是姐姐，我和你母亲会很愿意再为你添一个弟弟或者妹妹。不是我们不爱你，而是因为我们不想让你太孤单，想让你能有个伴。你们可以一起去上学、一起游戏、一起去游乐场、一起分享美味的食物……你要记得，我们对你们的爱都是一样的。既然你是姐姐，那么我希望你能够在弟弟妹妹需要你的时候，陪在他的身边。他比你的年纪小，或许你会觉得他很吵闹，但是别忘了，曾几何时你也是和他一样的。凡事多让着他些，你也可以选择欺负他，不要为了迁就他而委屈了自己，当你很难做出决定的时候，放心，你还有我。当然，如果你是妹妹，你要明白，你的哥哥是可以让你依靠的。

在你的童年里，我希望你是快乐的，无虑的，我很乐意被你欺负一辈子。

我希望我能够成为你青春期的树洞，解决你的烦恼，分享你的喜悦，像朋友一样，去倾听你，陪伴你度过人生中这段看似敏感的时刻。那个时候你就会明白为什么我和你是不同的。

我希望你能够成为一个淑女。女孩子不一定外貌要足够美丽，但一定要有气质和内涵。相信我，一个优雅的女孩子永远比一个大大咧咧的女孩要更有魅力。你千万别误会，我希望你优雅，并不是希望你内向，你一定要活跃些，健谈一些，但不要过分大大咧咧而失了规矩，丢了形象。记住，要做一个有礼貌的姑娘。

平时如果有时间的话，除了学习，我希望你能够多出去走走，看看外面的世界。多读一些书，对你一定会有好处的。我希望你做一个有梦想的人，即使梦想和现实相差甚远也没有关系，梦想之所以能够被称作梦想，那么肯定会和现实有所差距，所以你用不着害怕。假如有一天，你忽然心血来潮想要实现它，请你记得把这个好消息告诉我，因为我一定全力支持，成为你的筑梦人。

要学会打扮自己。你作为一个女孩子，可以穿裤子，但更多的情况下，我希望你能穿上美丽的裙子。你要知道，在正规的社交场合中，一条漂亮的裙子似乎更符合礼仪，而且也能吸引更多的目光。要学会搭配,不同的裙子要有不同的配饰,它会使你容光焕发。还有很重要的一点,一定要学会穿高跟鞋,因为她会使你的身材显得更加的高挑夺目。你可以性感,因为性感是对一个女人最好的赞美。但是,别卖弄性感。

我知道你一定迫不及待想要知道我对于你恋爱的看法。我是很开明的,我不想如同其他父母一样对孩子有过多的约束。你十八岁之后就可以谈恋爱了,放肆地去爱,根据你的喜好去找一个,但是你要学会保护自己,无论是身体还是心灵。我对他的要求不多,只要他对你好,与你志同道合,诚实、有上进心、善良就好。你可以多谈几个,反正你还年轻,不用太过着急,你会有足够的时间去考虑你的终身大事。我是你成长的助手,在此我想给你个忠告:如果,你在与一个男孩子拍拖的情况下又发现自己喜欢上了另外一个男生,那么我希望你能够重新慎重地考虑然后作出决定,如果实在难以抉择,那么我相信第二个男生会更对你的胃口。原因很简单,如果第一个男孩子足够优秀,你又为何会见异思迁?

你可以放心地跟他去约会,不需要偷偷摸摸;可以把他带来见我,我会很乐意认识他;你可以光明正大地给他织围巾,不需要遮遮掩掩。因为你会在爱里成长,受伤,清醒。我没有办法阻挡这个过程的产生,因为我明白,青春期,你们是彼此的信仰。失恋了也没关系,大不了你跑去淋淋雨,像个落汤鸡一样，跌跌撞撞地到我面前告诉我，你失恋了，我会陪着你，陪你疗伤，等你痊愈后重装上阵。

婚姻和恋爱是两码事，你可别混为一谈。如果你决定和你的男友步入婚姻的殿堂，我和你的母亲一定会全力支持你的决定，因为我相信我女儿的眼光。但是，我还是有些需要注意的地方想要告诉你。婚姻是神圣的，在你作出选择之前一定要慎重考虑，别后悔。一定要对自己的感情负责，对自己的家庭负责，一定要与你的丈夫相互扶持包容，坦诚相待。婚姻之所以和恋爱不同，是因为恋爱是成长的一个过程，一棵树种坏了可以重来，但树上结的果若是溃烂了，可就不是说重来就可以重来的。婚姻最重要的是忠诚，我希望你能好好经营，只得一心人，白首不相离。

你会有一个温暖美好而且令人称慕的家庭,你会成为一个如同你妈妈一般伟大贤惠的母亲,你会有爱你的丈夫和孩子。但是你要明白,爱是相互的,你不能只求别人爱你,而你却不为之付出。唯一对你不求回报的,只有我们,我还有你的妈妈。

其实我们想要的很简单,只要你做一个幸福的人。你将来要嫁的那个人,他不需要很有钱,但一定要养得起一个家,能够满足你们彼此在以后的生活中的需要。他不一定要长得英俊,但至少要和你一样是个对生活有品位人,是个能够对你负责任,给你一个肩膀依靠的男人。我是你丈夫的岳父,我希望他能像我爱你妈妈一样爱你。我和你的妈妈并不需要你为我们做些什么,因为我们很清楚,我们不想成为你的负担,也不会成为你的负担。

你放心,我和你的妈妈也会对他很好,他也是我们孩子。

你日后出嫁,我定会泪流满面,我不知道我该怎么去面对这一天。在你成长的每一刻,我的心都会在你的身上。虽然偶尔我也会失落,因为我和你是不同的,有些事情只能你妈妈和你一起完成,但是,我还是做不到保持绅士风度,微笑着将我的小情人送到另一个男人的手上。

我会是一个好丈夫，好父亲。

你会是一个乖女儿，也会是一个好妻子。

——我很高兴认识你。

你的父亲，写在他二十岁生日那天

我想，我已等不及要和她见面。如果我真的如此幸运能有一个可爱的女儿，希望未来她读到这封信的时候，能够明白，我爱她；也能够明白，为了迎接她的到来，我曾度过了漫长的等待。

— Chapter 7 —

你所拥有的一切
都是美好的

我不喜欢抱怨,因为很累,最重要的是,抱怨是件非常没有意义的事情。就好像,新近刚刚再一次失恋的时常失恋小姐,她每次要是失恋的话,我估计会一夜失眠。

我感觉她就像是一颗在我身边的定时炸弹,她每次恋爱,必定都会失恋,失恋了她就将自己引爆,梨花带雨。或是脚底抹油冲到我家楼下,又或是敲响我手机的警报,轮番轰炸,片刻不停。一溜烟儿,把所有对前任的不满像个怨妇一样,像滚滚的江水,一泻千里。

“诶,你倒是说句话呀。”

我躺在床上,半闭着眼,那样的一个夜晚,我几乎不需要说话,只需要准备好我那已经长满老茧的耳朵就足够了。

“哎呀,你到底要我说什么?”我很困,又很无奈。“我听你说就好。”

“你说他这个人怎么这样啊。我当时就不应该看上他，我简直瞎了。我不就是过个生日，让他给我买个礼物，他居然说他忘了，你说，这样，我还怎么跟他谈，这恋爱还怎么谈下去。”

“大姐啊，不就是忘记一次你的生日吗？那都是小事。”

“哦，这是小事，合着你们男生到底什么才叫做大事？不要跟我说这是小事知道吗。”

我当然知道。

我就不相信，前一秒还爱得缠绵悱恻、死去活来的两个人，能够因为忘记一次生日就松开紧握的手。

我唯一相信是：每一场以分手告终的恋爱，都是积劳成疾。

我唯一不理解的是：两个相爱的人，为什么没办法做到好好相逢，好好再见。

这已经是时常失恋小姐的第三次失恋了。

她的每一次恋爱,无一不都是开头竭尽全力的美好,然后换来烂尾的一地哀嚎。

刚开始,我选择去体谅,但我后来发现,实质上她有着自己的一套,无理取闹的一套。她总是在一场恋爱的萌芽阶段,兴冲冲地跑到我面前,然后跟我说她的新男友是多么的完美。然后,结局潦倒的时候,她像是得了失心疯一样,向我抱怨她的那位新上任的前任是多么的罪无可恕。

她的第一任男友K先生,比她大两岁,第一眼见到他时,我就告诉过她,这个男人是不可靠的,因为在他的世界里,只有电子游戏,只有篮球,在我跟他的交谈过程中,并没有值得我去称赞或者替他说好话的地方,甚至可以说是十分的幼稚。他会在我面前,告诉我,他的条件有多好,比如,他爸说等他大学毕业送他一辆保时捷作为礼物;或者是,他不需要奋斗,因为他名下已有足够的房产。

事后,我很认真地问过时常失恋小姐,K先生到底哪里吸引她。

“长得帅啊。”

这真是一个让我无力招架的答案。“长得帅”简直成了诱骗胸大无脑少女的利器。我虽然时常会很自恋地说我自己的颜值不低,但,颜值不低不能够当饭吃啊,外貌这个东西,终究还是会消逝的。

然后在恋爱的过程中,时常失恋小姐会在朋友圈分享她的动态,容不得我们批评她的完美男友。

分手之后,她会说:“你真厉害,那个 K 先生,我简直就无语了,就像你说的那样,他天天打篮球、打游戏,就是个幼稚鬼,他以为我是谁啊,我又不是他的保姆。”

每一次,在她分手的每一次,我都会问她一个问题:和他恋爱的时候,你开心过吗?

她总会有些犹豫,然后缓缓地点一点头。

Jusime 是我在高中的时候偶然认识的。她有一个很大的缺点，她总会在别人的面前暴露她闺蜜的缺点，这也是为什么我现在已经几乎没再与她联系的原因。

在这个世界上，我们总会遇见许多的人，也会在不同的时间，或多或少与他们渐行渐远，甚至是背道而驰。但我坚信，有一点，我算是做得很好的，即便我跟我的好朋友再闹多大的矛盾，甚至不联系，我也只会和他理论，顶多找到我们共同的朋友，一起去商讨如何去维护这段友谊，而且就事论事。我不习惯在我们都不熟的人面前去揭穿他，因为，即使我们的关系发生了微妙的变化，我依然要去保护他，要在乎他的面子。

人与人的关系是这样，没什么可抱怨，爱情、友情，无论哪一种都不可能只朝着你美好的憧憬去发展。我们唯一能做的，就是在一段关系接近尾声的时候，我们能够做到无愧于心。

抱怨是没有用的。关系是不可能用抱怨，用互相揭短来维持的。可是美好却会永恒。

时常失恋小姐的恋爱虽然失败了三次，但却也美好，至少她爱上过肌肉男，爱上过帅哥，至少那个忘了给她买生日礼物的男孩会告诉她，“在我未来的规划里有你，我们会有一栋带花园的房子，养一条狗，再生一个可爱的宝宝。”

只是,她太爱自己了,她的爱让她的男朋友们觉得窒息。她诉说爱的方式很自私,她总要别人体谅,却从不问别人的难处与需求,霸道又任性,真不是所有的男生都能受得了。

我曾问她:“那么你记得他的生日吗?”

她说:“有时候会记得,有时候忙起来就忘了。”

所以我说,在爱里,她爱自己胜过了爱对方。

Jasmine 现在虽然还是经常会提起那个在微博早已互相取消关注的旧时闺蜜,但她在乎的,还是她们曾经分享过同一条裙子,喜欢过同一个韩国的长腿欧巴。他们偶尔还是会给对方打个电话,寒暄八卦。

这是在一次小聚中她提起的。我感觉到她的改变,现在的她可以很坦然地说:“都过去了,只要他不躲,我们再见也亦是朋友。”

不只是他们,我们所有的人都是样啊,人生的乐趣就是我不知道下一秒会发生什么,反正只要能拥有,管它是喜是悲,是笑是泪,无论何时,只要你拥有过,哪怕只有那么短暂的一刻它属于你,那么就是美好的。

无论是现在,还是已经过去的曾经拥有,都该被记住,毕竟我们也曾为了它用尽全力。

2013.12.11

爱与被爱其实都是这个世界上最幸运的事情。所有的感情,无论到最后是什么样的结果,在走到终点的这段时间里,都应该用尽全力。遗憾并不是因为原本答应陪你走到最后的人中途离场,而是日后想起,却找不到你与他之间的感动时分。最好的感情是,没有相互亏欠,说了再见之后,真的再见也能心生坦然。其实想想,能够用尽全力去爱一个人,是件多么幸运的事儿,至少,在老了之后,躺在病榻上回忆走过的一生,你也会谢谢自己,曾经在自己最动人的年纪,爱上过风度翩翩的少年或者窈窕的少女。

— Chapter 8 —

肌排先生与丰乳小姐

蔡依林新专辑的首波主打前天首播了。名字很有意思，叫作《Play 呸》。整首歌的歌词充满着戏谑与嘲讽。实在算不上是上佳的词作，只不过是能图个新鲜罢了。有些失望，但却也佩服作词人李格弟的勇敢。

里面有句词挺有意思：“女神丰乳肥臀九头身材，男神弯弓射雕六块肌排。”

真是顽皮到不能顽皮，现实到不能现实。

女神必须有丰乳，男神必须有肌排，现今几乎成为了宅男们以及懵懂少女们的理想标配。所有的女神都逃不过宅男们对于她们罩杯的研究，所有的男神也躲不过少女们对他们六块腹肌的向往和痴情。

于是，许多没有人鱼线和马甲线的男生，以及那些胸前一马平川不够丰满的女生也就不得不自动靠边站。

他们自称:“屌丝!”

我是无法接受的。对于这个词,我总是抱着一种呵呵的心态,不喜欢,而且不喜欢到了极点,实在是不屑。就如同听到高富帅、白富美和土豪这两三个词一样,让我嗤之以鼻。真的,一点也不夸张。

我其实一直有一个疑问:那些自称屌丝的无论是男孩子还是女孩子,你们不觉得害臊吗?

“屌丝”这个词,说好听些,可以辩解成自谦。但无论如何,自谦过了度就成了一种自卑。那不是一件值得骄傲的事情。反而应该紧张,那是病态。

每一个人,无论出身,都是一个独立的个体。从有想法、有行动力之后,便是独一无二的。从那时起,你的一切言语和行为就不仅仅代表自己,更多的是你的家庭,甚至是家族的颜面。我反感自称屌丝的人,那是因为我感觉的不是他们所谓的自谦,而是对他们父母的一种无形的不尊重。凭什么别人可以称作高富帅、白富美,而你却要称作屌丝?难道,你就真的如此比不上他人,甘愿低人一等吗?

“高富帅”和“白富美”,这两个称呼,刚刚开始觉得不过是个玩笑一样的称呼,笑一笑便过了。但是听多了之后,却不知不觉感到反胃,心里总是堵堵的,总觉得这两个称呼里有除了一种玩笑的意味,更多了一层虚伪的谄媚。故意放低自己而抬高他人,没必要,不应该而且也没意思。的确,当听你称呼别人为“高富帅”或者“白富美”的时候,的确在那短暂的一秒当中,会让那个人有一种被虚荣和骄傲包裹的满足感,但过后,或许你不当一回事,但你却有可能会被别人看不起。

你都已经瞧不起你自己了,别人为什么还要瞧得上你?

我觉得,做人,姿态是有要的。在适当的时候,做出一些姿态,那不是高傲,而是一种态度,但千万不能过火,适可而止。特别是,当你需要独自一人去面对一个未知世界的时候,你是孤军奋战的,你是孤立无援的。尝试着营造出一种适度的、自然的姿态是有好处的。这样,你不容易被忽略,也不容易被轻视。那不是在找一种存在感,而是因为,当你一个人的时候,你就是父母甚至整个家族的代言人。

所谓的姿态,不是高傲,不是高冷,也不是矫情和做作。那是一种刚中带柔的生活方式。该强硬的时候强硬,但是也别忽略了自己柔软的那个部分。刚开始或许会有些不习惯,但是，凡事都有第一次，时间久了，这种姿态会潜移默化地进入到你的骨髓里，成为你身体的一部分，没了它，你便不够完整。

前几天香奈儿小姐在她的朋友圈晒出了她新买的 Christian Louboutin 的红底高跟鞋。不到一分钟，我就看见与世界为敌小姐在下面评论道：知道你有钱，但麻烦你别炫富。

我心里当时很无奈。我在那一刻真的觉得与世界为敌小姐太 low 了。单单凭一双鞋，就断定别人是为了炫富，真的有些替香奈儿小姐不服。或许香奈儿小姐的确是想发朋友圈告诉大家她的新收获，可是，以我对香奈儿小姐的了解，她真的没有必要去炫富，因为，跟她关系好的朋友都知道，她的确是有钱人家的女儿，用不着炫。我当时真的很想告诉与世界为敌小姐一声："你眼中的炫富，不过是别人的日常。"

我记得曾经看过的一篇文章中，作者提出了这样一个观点：不是别人在炫富，而是你太 low。

这又回到了我说的生活姿态的问题上了。理想的生活状态是：用一颗平常心去生活。每个人的家境不同，生活的方式不同，物质的满足层次不同，所以欲望和幸福感也不同。就拿香奈儿小姐和与世界为敌小姐为例子，她们两个人存在着非常大的心理落差。对于与世界为敌小姐而言，出身普通，所以一双 Christian Louboutin 对她而言的确可望而不可及。可是到了香奈儿小姐那里，一双 Christian Louboutin 对她来说不过就是双唾手可得的高跟鞋罢了。

真正有姿态的人应该明白，什么样能力的人，就会过什么样的生活。你不能够因为你买不起香奈儿，而去阻止买得起的人买；也不可能因为你买不起，就觉得别人在炫富。相反，你也不能因为对方买不起和你一样的名牌，就瞧不起别人，从而破坏了他人的幸福，每个人都有自己的活法。

所以啊，当不成“肌排先生”或者“丰乳小姐”都没关系。别再拿“高富帅”和“白富美”来抬高别人，也别用“屌丝”来贬低自己。永远要学会告诫自己：别傻了，生活根本不屑于你的谄媚。谄媚是卑微的，只有敬畏才是对生活最崇高的赞美。

就像亦舒在《我的前半生》里说过：“做人最要紧是姿态好看，姿态不好看，赢了也是输。”

如今男神女神当道，可真正能担得起的，没有几个。长得高的，富有的，有六块腹肌的就是男神？还是皮肤白皙、丰乳肥臀的就一定是女神？我不相信。

活得有姿态，有格调，有内涵而不是空有一副好皮囊，对我而言，即使你瘦成排骨，也是男神，皮肤黝黑、平胸瘪臀也还是女神一枚。

2014.11.19

我不喜欢去改变，也不喜欢被改变。我喜欢在适当的时候说适当的话，做适当的事情。这并没有什么不好的。这个世界是温暖的，是温柔的。但有些时候，我觉得这一切又不是显得如此的理所应当。好吧，或许是我恃宠而骄。我就是有些时候，有那么一刻，想要和世界好好谈谈。但我自问也没那么大的本事，毕竟我是渺小的。所以我所能找到的世界，能听到回声的，只是我的简单的生活而已。

我不喜欢疾言厉色，也不喜欢墨守成规。很多人其实都一样，我们都不喜欢被世俗所困。你们或许都觉得我大概是被宠坏了，但我只是在想，有些时候我若是不跟这个世界多多少少吵上一架，说说自己想说的话，我怕日子久了，我会忘了我自己。

有棱有角地生活在这个世界上，才能更好地做到与这个温暖的世界坦诚相待。

就像一朵玫瑰，带点刺，不长不短。

— Chapter 9 —

珍惜被讨厌

这个世界是公平的。没有绝对的讨厌,也没有绝对的喜欢。但奇怪的是,大多数的人,都乐于被喜欢,害怕被讨厌。这是一个很沉重的包袱,因为“被喜欢”是一个挺沉重的词汇。

为了“被喜欢”需要付出很大的努力。为了不“被讨厌”也需要去做很大的改变。久而久之,你变得陌生,一点也不像最初的自己,甚至,站在镜子前,常常都还会疑惑:这是我吗?

年初的时候,见到了许久未见的变脸小姐。我和她约在了我们以前经常一起去的餐厅喝午茶。她懂我,知道我动作慢,向来都是这样,所以也不催我,先我一步到了约会的地方等我。后来我到的时候,久久,我愣是没认出她来。我站在电梯口张望了很长时间,直到她向我招手。我迟疑地挪着我的脚步。她见到我后给了我一个热情的拥抱,嗅到她身上熟悉的香水味我才敢肯定,这是许久未见的变脸小姐。

“你去动过了，对吧？”

她摇了摇头，尴尬地笑了笑，完全一副做了亏心事还害怕被发现的表情。

“别想蒙我。”她估计没有想到，在那么长时间没有见面的情况下见到她，我们的对话是用这样的开场白。

她娇羞地说道：“别闹！”

我依旧不依不饶：“上次见你的时候去割了双眼皮，这次干脆连鼻子都动了。还有，瘦脸针的效果不错。”

她没生气，反而乐了，说：“怎么我做什么都逃不过你的眼睛。”

至于动刀的原因，无非就是她的EX嫌她的鼻子不够挺。

其实不只是她，好多女孩子都是这样的。女为悦己者容并没有什么大错，但是为了一个男人，还是一个最后没有结局的男人在自己脸上动刀子，我就想不通了。一个平常连只蟑螂都能被吓到哭天喊地的女孩子，在动刀子这件事情上，竟然显得如此泰然自若。恋爱中的人果然都是疯子。为了“被喜欢”

而变成一个自己都不认识的样子,有意义吗?说难听些,那是一种讨好罢了。

“被喜欢”真的是一件很累的事情。我不理解,为什么为了“被喜欢”我们就必须得照着别人的意思活着?每个人都是个独立的个体,肯定会有人喜欢,也有人讨厌。如果因为“被喜欢”而失去了自我,那么我宁愿自己是“被讨厌”的那个。因为这样,我活得自在,没有束缚。我不习惯去为了某个人去做一些改变,也不太喜欢某个人为了我而失去了自己最初的样子。如果到最后我们都变成了和一切开始前截然不同的样子,那么到头来,我们也不过是最熟悉的陌生人罢了。

其实放平常心,你用不着“被喜欢”。因为喜欢是一件很自私的事情。是需要主观意识去进行调节的,如果过于纠结于是否自己的外貌、行为是否能够让旁人所接受,那么你就会成为被动的那方。有一个很简单的道理是:我都没有说我讨厌你,你凭什么要求我要被你喜欢?

可惜,有太多人不懂。

还有一个故事是关于瘦骨如柴小姐的。

她真的太瘦了,太瘦了。一双腿虽然笔直而且修长,可是

却像不牢固的竹竿一样，总给人一种她站都站不稳，一推就倒的样子，若是她脱了她脚上那双尖头的高跟鞋，你一定会因为她布满青筋的脚板感到惊讶，那青筋在她的脚上，盘根错节，就好像许多条蜿蜒曲折的河流，朝着同一个方向汇集。每当天气预报预告台风快要来的时候，我总是禁不住为她捏一把汗。

“你太瘦了。”

“我胖了我男友就不喜欢我了。你是不知道，想追他的人排队排到了埃菲尔铁塔。”

她真是个傻女孩，我心里不禁在想。

如果一个男人足够爱你，他会陪你的容颜慢慢老去；如果一个男人足够爱你，当你的身姿不再婀娜，他会坦然地接受你的富态；如果一个男人足够爱你，他会接受所有的可能，他会愿意陪你看看，当故事走到结局的时候，你又是怎样的一副模样；如果一个男人足够爱你，他一定会希望欣喜你的健康，心疼你的病态。

显然，瘦骨如柴小姐的男友，不够爱她。

朋友总是说我是一个极度自信的人。

我笑了，为什么要对自己那么没有信心呢？

出身不是自己能够决定的,如果不好就要尽自己最大的能力去做出改变。与生俱来的缺陷不是自身能够避免的,就学会坦然接受,说不定就是这些所谓的缺陷,给你的人生带来意外的惊喜。

讨人喜欢很重要,却不是你人生的全部,与其按照别人的期待活成他人喜欢的样子,不如按照自己喜欢的方式过完一生。在别人喜欢你之前,先学会喜欢自己,当你学会爱自己的时候,别人自然会爱上你。

我从来不害怕被讨厌,也不在意是否会被喜欢。对我来说,喜欢我的人总会有,不少你一个;讨厌我的人有很多,多你一个也不多。

不止一次听到别人告诉我的好友他们讨厌我,时常也自己亲耳听到。我感到奇怪的是,你既然讨厌我,却为什么还要关注我?你讨厌我的小眼睛,却总会有人欣赏它的智慧;你讨厌我的嘴唇,却也还会有人选择亲吻;你讨厌我的喉咙,却也有人喜欢聆听它所发出的歌声;你讨厌我的文字,却也会有人感受到它带来的感动。

你讨厌我的原因,恰巧都是我所喜欢的,这就足够了。更何况，我被讨厌的大部分原因不过是我没有按照某些人的意愿活着。所以，这种“被讨厌”让我觉得很骄傲。没有活在大部分人的影子里，就是我骄傲的原因。

那些曾经或现在告诉过别人你讨厌我的人，谢谢你告诉他们你讨厌我。我也很惊讶你竟然有这么空闲的时间去注意我身上那些让你讨厌的地方，不像我，哪有什么多余的时间去喜欢你！别妄想着你告诉别人你讨厌我之后，传到我的耳朵里会让我感到不爽，我还是能够做到和你面对面时和颜悦色，你不值得我生气。烦恼的那个人是你，我可没有。我反而很高兴和珍惜被你讨厌，因为我在无形中荣幸地占用了你的时间。

2013.11.2

有时候我就会在想，被讨厌其实挺不错的，少了许多烦心事。为什么我们非得让每个人都喜欢呢，这样的生活该是多么的乏味和无趣，总得有人讨厌你，生活里才会有空气，不至于人满为患。有时候，被讨厌也是一种能力，因为很多时候别人讨厌你，反而是因为你的耀眼和优秀，你不过是挡了他们的路，激起了他们内心里嫉妒的火花罢了。身边的人很多，不必患得患失，喜欢还是讨厌，日久才会见人心，而你要做的，就是活出让别人羡慕的模样。

— Chapter 10 —

“我不是处女，你介意吗？”

"我不是处女,你介意吗?"

听到高跟鞋小姐这个问题的时候,我好像很淡定,倒还有点"大将之风"。一个女孩子,问男孩子这样的问题,真是有些无语。但我却也已经习以为常。

我一直在扮演着一个倾听者的角色。无论是在同性朋友之间还是异性朋友之间。

同性朋友倒是还好,我们会相互慰藉和支撑,但就算关系再好再铁,也几乎不会把他所有的故事全都倾囊。

这是重情重义先生教会我的,他曾说过:"男人吧,总得留些故事在心底。"

在他们眼里,我是兄弟,是哥们儿。可是女孩子就不一样,她们的敏感与生俱来。很少能有女生像男生一样,将所有难过留在心底。一旦相互走心,便是数不清的心事和小秘密。在她们眼里,我是闺蜜。

听见高跟鞋小姐说自己已经不是处女,其实也没什么好奇怪的,都是意料之中,铁板钉钉的事。

只不过我觉得这个问题是有必要好好讨论和回答一下。虽然风险颇大,弄不好说不定还会被说三观不正。但是这有什么?它不过是一个当今很普遍的一个现象而已。在我和我这个年龄段的朋友们一起聊天,无论男女,总是很容易就把话题往性上面扯,我们也从不避讳。这个时代在改变,桌前谈性已经不是什么难以启齿、面红耳赤的丢脸的事了。这么说或许是因为我和我的这些朋友们思想都比较开明。

我们绝大部分的人一直把性视为禁区,一直是一个羞于启齿的话题。我并不苟同这种想法,这是一种影响进步的想法。时代在进步,人的思想也需要进步。思想不开化,谈性色变,已经不符合这个时代的潮流。我们向来传统和保守,不敢谈性,是性即羞。但人总有那么猎奇的心理,越是禁区便越想尝试。

因为新鲜,所以抵不住诱惑。

这样的结果便是,越来越多的年轻人选择偷吃禁果。

当然,于我,这并没有什么好大惊小怪或者嗤之以鼻。七情六欲,人之常情。我反倒很佩服这些年轻人的勇气。

我一直觉得“处女论”是很可笑的。因为上床,本就是你情我愿的事情,受不得半点强迫。好笑的是,男人愿意和女人上床,却同时又在意自己的女人是不是处女。但他们这么想其实是自私的。他们都忘了一点,女人似乎不怎么在意她的男人在跟她进行床上礼仪的时候是不是个处男。

女人不是处女叫作“浪”,男人不是处男叫作“猛”。

这样看来,的确不公平。

可能是我比较新潮或是另类,也可能是我的文化程度有限。我觉得“我不是处女,你介意吗?”这个问题很愚蠢。

两个人在一起,肉体上片刻的欢愉,不过只是一件附属品。性很重要,但它并不是两个人在一起的全部意义。每一个女孩的诞生,都为了结束一个男孩的等待。当我选择去爱一个人的时候，我爱的是她的全部。当我爱上一个女孩的时候，我的确更愿意把她当成一个女人，我也喜欢她把我当成一个男人而不是男孩。

但是和她在一起，不是因为她的充满诱惑力的丰满的身体，不是因为她是一个处女，而是因为她给我的那一份感觉，是因为爱情。我不会因为她不是一个处女而选择放开她的手。不能够让“处女”问题成为阻碍。性不过只是保存爱情的一种方法。但其实，保存爱情的方法，并不只有性爱。

相比于性，两个人的精神世界能够相通其实更重要。肉体的欢愉是表面性的，精神的相通确实是得融入生活的。长久的生活下来，身体衰竭，谁能保证你们的感情还能以性来维持呢？那些秉承着性是万岁的人，若是没有了性，岂不是个个都要分道扬镳，永世再不相见？

换个角度想，就算你的女友是个处女，当你们的身体距离为负的时候，她便也不是了。所以有必要在乎那么一次吗？

每个人都有选择将自己第一次给谁的权利。我不会在意她跟我在一起时还是不是个处女。

谁没有个过去？我爱的是和她在一起的现在和未来。

我们，为什么相爱？为了肉身还是快感？这是我一直在思考的一个问题。

爱情不该被是不是处女束缚，性爱也不该被是不是处女耽误。

爱情，不过是七情的雄辩；性爱，不过是六欲的喘息。

2014.5.9

这是我十八岁生日之后写的尺度最大的一篇文章。我把它视作踏入成人世界的第一步。我记得最初我把这篇文章发在了我的公众号上，没过多久，朋友圈里的亲戚朋友、三姑六婆全都炸了锅。

其实没有什么好害羞，这不过是一条必经的道路而已。反而是我爸妈显得特别的平静。只是免不了感叹道："臭小子长大了。"

我在长大，曾经的男孩，总有一天会成为男人，躲不掉，所以坦然接受，坦然接受了自己的改变之后，我觉得这一切的新鲜，值得分享。

性是爱里很重要的组成部分，这篇文章很大意义上表明了我的性爱观念，都是我心里对于性爱这个新鲜事物想要表达的东西，一个很纯粹的概念，所以也没什么好遮掩的。

— Chapter 11 —

你不爱我，我不怪你

骨子里的我,似乎是一个挺奇特的存在。

十九岁,虽然我比其他同龄人看起来都要清楚自己的位置和方向,也知道什么是自己想要的,但是,这确实是一个很尴尬的年龄。蒋方舟说过:“三十而立,二十而蹲。”那么十九岁呢,又该是怎么样的?十岁不愁已是过去,二十未满又何来三十而立?

既不能蹲,更不可能立,所以只能半曲着。

从小我的经历就是与众不同的:七个月早产,四岁两次大型手术,十一岁开始写作,十四岁作品登报,十六岁第一部作品问世,十七岁得到了鲁青奖的认可……一直到现在,成了作家协会会员。我的成长轨迹真的挺特立独行。

我从来都不轻易交朋友。但从不排斥交朋友。我交朋友向来只看两点：是否心善，是否能带给我正能量。家世背景，身份地位，这些压根就不在我的交友条件里。

我并不难交到朋友，只不过，一直以来我的女性朋友的人数总是和我的男性朋友的总数不成正比，原因在于我很难交到志同道合的男性朋友，并不是我难相处，而是因为身体的原因导致我无法融入到那些把大众男生迷得神魂颠倒的活动中，而能够和我志趣相投，能够理解我的男生少之又少，于是，我的男性朋友就像我的知己一样，用一只手就能够数完。

也就是因为这一点，我被许多不明就里的男生讹成了一个势利眼的混蛋。但是，物以稀为贵，那些男性朋友都成了蓝颜知己。常常有人开玩笑说，我一定最能明白贾宝玉的心里在想什么。

骨子里的我，其实挺平常的。有人说我特立独行、张扬、大胆、与众不同。面对这些，我只是笑笑，却从来不加以回应。我一直都觉得，年轻不是用来荒废的，大把的时光不是让你拿来玩电脑游戏的，那些人生中最美好的年华应该是用来追逐梦想的，应该是拿来谈一场轰轰烈烈的恋爱的，应该是用来做一些很想做，长大之后可能就不敢做的事情的。我认为，只有这样青春才算是完整的。至少，这些经历是一辈子的财富和回忆。

真正的成长并不是你的游戏等级有多高,而是你在不同的年龄段经历过了什么,得到了什么,只有这样,在我老了的时候,当我的孩子问起我的青春,我不至于哑口无言,反而可以很骄傲地和他分享我的经历。

说我特立独行的人,大概就是那些不理解我的人吧。当然,我也不奢求他们的理解,因为我做的每一件事情是为我自己做的,而不是为了得到你的认同才做的,你的认同与否对我一点都不重要,重要的是,我一直都在做我自己,也一直尽我所能让我的青春不留遗憾。那些人把我的所作所为理解成:“出名要趁早。”这点我倒不想否认。否认便会显得我虚伪。事实上,不仅是我,能出名而且是美名,有谁不想呢?那些人的理解还少了一点,我做这些事情,更大一部分的原因还是因为年轻。我挺害怕,害怕再过些年,我就失去了我现在这一份什么都不怕的勇气。

其实并不是我特立独行,特立独行的是这整个时代,特立独行的是那些说我特立独行的人。我追求我的梦想,大胆地做我自己,在从前看来是很正常的,没想到到那些人眼里,打游戏、逃学、打群架、无所事事才成了正常的行为。就这样,我的平常,成了特立独行,慢慢地,特立独行也成为了我的骄傲和信仰。

但其实，我很清楚，我做的那些不过是很平常的事，只是做的人少了，我就成了异类，因为，我是那个不喜欢随波逐流的人。曾经有一个记者问我，为什么有那么大的胆量，去做一些看起来很张扬、很与众不同的事，我的回答只有一个："因为我是周钰淇。"

从我第一天开始一步一步追逐梦想的时候，我就已经告诉我自己，既然这么选择了，就不要在意别人的眼光，我不是神，我只是个普通人，我不可能满足所有人的口味，想走出来就得面对不同的声音，我要做的，就是义无反顾地做真实地自己就够了。那些张扬和与众不同，是我对青春的致敬。

骨子里的我，有些孤傲和清高。我很讨厌那种有事没事跟我摆官腔，或者拿他那对我而言其实微不足道的头衔、职位来企图压我的人。

记得有一次，不知道是和谁谈话，一进门，他坐在椅子上，翘着二郎腿，装出一副二五八万的样子，对我说："从来没人敢和我面对面谈话。"于是我毫不客气地就对他说了一句："那么，不好意思我就是第一个。"在我眼里，这类人就好像是自以为是的井底之蛙一样。

我也很讨厌看见那些肚子里其实没什么内涵和墨水的所谓前辈在我面前装出一副德高望重令人窒息的样子。是驴是马,拉出来遛一遛不就真相大白了吗?并不是我觉得自己很完美然后很骄傲,就不去尊重长辈。我只是不喜欢那种学问和我相比,比我少很多,却还要在我面前卖弄,然后贬低我的人。

我尊重一切真正有学问的学者和前辈。

我是一个相信眼缘的人,眼缘很重要,若是我不喜欢的人,我不会去惹,彼此喜欢就走近一些,不喜欢就疏离。我不愿意给不喜欢的人太多机会来改变我对他的看法,因为没有什么看法可以改变,喜不喜欢也并不需要太多的理由,只需要两个人坐下来,磁场不对就该挥手告别,简单容易,不要拖泥带水,没了互相亏欠,也就没了舍不得。

礼貌小姐说我高冷得不像暖男。这让我有些哭笑不得。其实是不是暖男不重要,我不喜欢给自己贴上标签,重要的是对象是谁。我这个人就是这样,对大部分人平易近人,说我高冷,那不过是因为我觉得,我没有必要对你暖,你不是我想暖的那个人。我是暖男,但我不是福利社,也不想做中央空调,即便是中央空调也是选择性的。

见过世面小姐说，是因为我没见过什么世面，所以不知道她家乡的学生学习有多辛苦，难度有多大。我顿时语塞，想了想，也的确是这样。我是没见过什么世面，横竖也就读过那么些书，走过那么些路，见过那么些人，到过那么几个国家，有过那么些回忆，见过灯红酒绿，也见过荒无人烟。

我是一个双子座男生，有明显的两面。一个是天使，另外一个是恶魔。我自己很清楚，黑暗的那一面往往是我用来保护自己的。越长大，穿行于洁白和黑暗的两面之间，便更加游刃有余。我有彬彬有礼、文静雅致的一面，也有不拘小节甩节操、恶魔上身耍诡计的一面，当然，那是需要看人的。那不是装，而是在我的身体里原本就住着两个我。于是有许多人觉得我很怪。我无所谓，若你喜欢怪人，其实我很美。

骨子里的我，很闷骚。永远要打扮得一丝不苟才能走出家门，就算是踏出家门一步也一定不能穿家居服，否则就会浑身不舒服。有时候，我真的不知道，这算是个优点还是算个缺点。可能把这个习惯视作一种生活态度会好些吧。我其实很希望自己能够在穿着上随便一点，可是我却发现我根本做不到。没熨过的衬衫不穿出门，不成套的搭配一定不将就。我称它作生活态度，有许多人说我夸大其词。其实将自己打扮得井井有条，不仅是为了自己，也是为了让别人感觉到我对他们的尊重。

骨子里的我,还是有着许多小小的缺点。我的三观正常,但我有轻微的名牌崇拜,有些小拜金,也有一些小小的虚荣。处境优渥,让我有些不太懂得随遇而安。我有时会情绪化,在安慰别人的时候,我总是显得很理智,但到了我自己身上的时候,理性却总被我的感性打败。这些,也许就是我骨子里最坏的那一面吧。

但这有什么关系呢?如果我连自己最坏的那一面都应付不了,那么我就不配拥有最完美的自己。

骨子里的我就是这样，有些平常、有些与众不同、有些清高和孤傲、有些闷骚，又有一些小小却无伤大雅的缺点。

这骨子里面天生的因子，一切都应该是命中注定吧。

我必须承认，从前我确实很在意别人对待我的目光、态度和言辞。但我发现，现在的我不会了。我不再傻傻去奢求别人的喜欢和爱，这于我已经没什么所谓了。

因为，我压根就没打算取悦这个世界。

所以，你不爱我，我不怪你。

2013.12.9

我终于有勇气把自己撕开，抛掉身上的包袱，与自己坦诚相待。一直以来我似乎都不太敢直视不完美的自己。可是现在，当我卸下一切的重担，自我剖白的时候，我才发现，有时候完美中带着些许缺憾的我，食着人间烟火，反而愈显珍贵。

或许我真的如同旁人眼里所认为的那样：狂妄，清高，孤傲，走火，入魔，张扬，浮夸，特立，独行。可那又怎么样呢？这就是真实的我，或许有一天总会有人发现，在我身上，他们眼中这些曾经的不完美在闪闪发光。

相信你也一样。

— Chapter 12 —

岁月如此，正好

我天性乐观，看着现在的自己，时不时就会感恩，我这十多年不长的岁月，果真待我不薄。

也许在你看来，我这个年龄，去谈岁月，会为时尚早，有可能还会显得有些许老气横秋。是的啊，十九岁，尚好的青春哪需什么岁月来搭配。或许你还极有可能对我说，岁月是需要沉淀的。不错，我曾经也这么想。但是，天性使然的反其道而行之，我却还是认为，到底还是可以谈一谈的。毕竟，我这些年也不是庸庸碌碌白活的呀。

前段时间休短假，闲着无事，顶着细雨，自己一个人去了一趟书店，慢悠悠地逛了一下午。

从书店出来的时候，大概已经晚上六七点钟了。我走在偌大的街上，灯火阑珊，正想着晚餐应该吃什么的时候，手机忽然震了一下。一看原来是一个多年的老朋友，失联客机先生。

称他失联客机先生当然是因为他经常失联。我几乎不会收到他的信息，因为他忙，我发信息给他，他也很少立刻回复我。后来实在没办法，我终于是学乖了。每次有急事找他，总会在信息的后面加上许多的感叹号。

所以接到他的信息时，我很吃惊，然后松了一口气，因为他还活着。

我们很少联系，或者见面，算了算，上两次见面中间竟隔了有一年半。一次是我诗集首发式的那一天，而最近的这一次，则是我一四年一月份回国准备雅思考试的时候，也不过短短一餐午饭的时间。

那天见面的时候，他穿了一件简简单单的蓝色夹克，牛仔裤，一双白色的球鞋，和从前一样，干净利落，清清爽爽的短发。他看起来从前并没有太大的差别，不过是额头上多了几颗青春痘，还有嘴唇旁边那一圈日渐浓密的小胡子。但浓眉大眼依旧，长长的睫毛依旧，阳光的笑容依旧。我从小学便认识他，到今天，大概也有十三四年了吧。

他发信息来，是想问我是否还保存着小学时期的一些通讯资料。我按着他的要求,找出来给了他,他只回一句:“不客气,拜拜。”那个感觉竟就像从前一样,没有变过。他和我之间就是这样,总是开门见山,从不拐弯抹角。这么直来直去,真挺好的。我们并没有因为直来直去,或者不常联系而疏远。我们俩属于很有默契的那种,我交代他事情,他一定会办得很妥帖。他交代我的,也是如此。

他是我精神上的知己,我总觉得,我和他在精神上是相通的。去年诗集首发式之前,我给他打了通电话,邀请他来参加。从前的朋友里面,我只邀请了他一个人。因为首发式是在周五的下午,考虑到他可能需要上课,我便没有强求他,只是让他如果有时间的话就来参加。没想到,他隔天马上回复我说他去找班主任请了假。首发式那天,我忙前忙后,他从岛外的学校赶来,第一个出现在现场。我无暇顾及他,他就自己找了个位子,静静地坐在那里,一声不吭地看着我们做最后的彩排。

后来,我在庆功宴上问他,请假对他会有影响吗?他说:“就算有影响也要来,对你而言那么重要的时刻,我怎么能够缺席呢?”我听完后,瞬时感动到无言以对。

其实当时最应该和我一起站在舞台上的人,非他莫属。那本诗集的诞生,有很大一部分的原因,起源于和他没能成行

的那次合作。

岁月易老,但这似乎在我和他之间是不适用的。

到了新加坡之后,我愈加忙碌。加之刚过去没多久,一切未定,心好慌,我打过一次电话给他。我知道他成了学校为数不多的保送生,心中为他高兴。他的骨子里和我一样有着些许不羁,我们都对世俗有着自己特别的想法。我告诉他许多关于我到了新加坡发生的事,临挂电话的时候,他说:“每次接到你的电话,都可以听到许多有趣的事情。”

我们之间的这份默契,这份情谊,在前行中洗礼着,却保持着最初的味道。我和他,从不轻易想起,却也永远不会忘记。

像他这样的知己,不多,但我庆幸,掐指数数,除他以外,竟还有。一个十九年,一个十六年,还有一个大概四年吧。在他们面前,我可以很平淡,不用伪装自己,也不会心累。

都说人生能得一知己便足矣,我拥有的,却是三倍之数。

谁说感情一定要有赏味的期限呢?于我而言,对于他们的感情早已从友情变成了亲情,不用常见面,却也离不开。那么多年,岁月沉淀,早已成了难以割舍的手足。友情这种东西我不知道该怎么去形容。说它像酒,太烈;说它如咖啡,太苦;说它像茶,却又好像太过于平淡。

我也只求着岁月静好,现世安稳。

——岁月如此,正好。

前些天回国过年,我终于又见了他一次。我们相约在了一个商场。他比我先到。待我到了的时候,打电话给他。

碰巧,鞋带松了。

我弯腰下来，正准备重新绑。

我说："我在 Calvin Klein 的门口。"

他说："我在它对面。"

我说："我在绑鞋带。"

他笑了："我也在绑鞋带。"

一抬头，他看见了我，然后不紧不慢地朝我走来，我们相视而笑。

那个笑容好干净，一如从前。

2014.7.28

2015 年大概十月份的时候,我给失联客机先生打了通电话,本是闲聊,一阵寒暄。末了,他又说了同样的话:“每次和你通电话总能听到你分享很多有趣的事。”彼时我正在修这篇文章,便邀请他为我的新书作序,他爽快应允。

我的编辑得知了这件事情,劝我:“他并没有什么名气。”

“可是他懂我。”我不假思索地反驳。

名气是次要的,懂我,合适才最好。果然,他并没有让我失望。

2016 年夏天,他告诉我他暑假要去实习了。我才惊觉,原来早已到了快走上职场的年纪,早已不是七岁那年初见的孩童,恍若一梦。

— Chapter 13 —

生命中的无可奈何
与无能为力

一

晚饭的时候收到了一条静香小姐的微信。

她问：你该不会是喜欢我吧？

事情的起因是，下午的时候她发了一条图文不符的朋友圈。我截图然后也发了一条朋友圈说：如何阻止你的朋友说了一堆废话，其实只是为了发她自己的自拍。

我沉默了片刻，却不知道该怎么回答她的问题。即便在我的心中早就有了一个呼之欲出的答案。可我还是觉得，我并无从表达。于是话锋一转：这对你而言很重要吗？当下的我有着自己的打算。如果她的回复是："很重要。"那我就把我的答案告诉她,反之,我就把这个答案藏在心底。

消息发送过去,没有回音。

一直到晚上洗完澡躺到床上,才收到她回过来的消息。消息很短,只有一个字:嗯。

我有些胆怯,害怕她听到了我的答案之后会选择逃避,或者会选择离开我的生活。很多时候是这样的,因为人生有太多的万一是我们没有办法去承担的。这与你强大与否没有关系,和你的野心没有关系。

对话框里的文字,写了又删。来来回回十几次之后,我决定先宣告战败,把答案交给时间:有一天你会知道的。

才发现,原来,在感情里我竟是这样一个被动的人,连说出一句纯粹诚恳的喜欢都没有勇气。可我就是这么样的一个人,想得太多,想得太远。我没有勇气说出喜欢,是因为,我不敢确定静香小姐是不是也喜欢我。她的身上,承载了许许多多我美好的想象,与其说我喜欢她,不如说是我爱上了她身上这些符合我美好想象的特质,不虚无,不做作。

我会害怕,当我告诉她我喜欢她之后,她却不喜欢我。不是因为我担心被拒绝,而是我担心,当她知道了我对她的喜欢之后,与我渐行渐远。我觉得感情始终是两个人的事。不仅仅是我,其实我们都承担不住这个突然的万一。我会担心,时间推着我们朝着彼此走去,却等不及让我们的心靠近,就让我们松开了彼此的手,走散在汹涌的人群。

其实我似乎不应该把我对静香小姐的逃避归结为胆小,而应该归结成无奈,因为我们之间需要考虑的事情远远不止是不是彼此相互喜欢那么简单,而是我们未来的扎根问题。虽然说爱是一次一次不断地练习和寻找,但我们之间都应该要明白,爱是一场必须全力以赴且万无一失的战役。

若有天她有机会看到这篇文章时,但愿她不会觉得我唐突和不礼貌。我很感谢她的出现,也希望未来有天她能找到她的大雄,大雄也能找到他的静香。

二

学校那里传来消息:口是心非小姐被勒令退学。万万没想到,到最后她还是走到了这一步。

听到这个消息的时候,是在我最后一次见她之后的二十天左右。她消失的前一晚，我、鲨鱼小姐和她，我们三个人一起去KTV唱歌，最后是我和她同坐一辆车回家的。

我依然很清楚地记得，那天晚上她最后跟我说了一句再见，我们就再也没见过面。隔天的时候，她给我发来一条信息：我今天晚上十一点半的飞机去北京。

我问：怎么那么突然？

过了很久她回复：我身体一直不好，需要回国做一个手术。

我有些着急：之前从没听你说过，要紧吗？

对话框里的“对方正在输入”持续了很久：不要紧，小事，你别担心。

——看得出这个回复是经过了深思熟虑，反复推敲的。

我没有再继续追问，只是问她需不需要帮她提行李，送她去机场。她担心我上课挺忙的，就说不用，她一个人可以。

稍晚些的时候，鲨鱼小姐给我打来电话，说她刚刚送口是心非小姐去了机场。

"她坐十一点半的飞机飞上海。"

原来事情的真相是,她不过是为了她男朋友跑去上海。

如今知道真相为时已晚也已经没了意义,不再去强求什么没有意义的真相,而是觉得有了一种被欺骗的孤独感。我孤独是因为,真心没有换回真心,却成全了虚假的谎言。我宁愿她永远都不会知道,原来我早就知道她欺骗了我,也宁愿她永远都不会知道,早在鲨鱼小姐给我打电话之前,我因为担心她,已经拨过一次电话到机场去问过她所说的航班详情,也早就已经知道,那班十一点半飞北京的飞机,不能等到起飞的时刻。

虽然和她认识的时间不长,可是想想觉得还是蛮可惜的。只不过,生命中所发生的许多事,就是会让人觉得无能为力。我们都坐上了时间的列车,既然已经出发,就一定会有到站分别的那一刻。

三

我认识了一个女孩,属于表面坚强内心自卑的那种,长得挺清秀,学习成绩也算拔尖,班里的人都喜欢称她学霸。学霸小姐最近心情不好,原因是她发觉无论她怎么努力,似乎一直都融入不到高冷先生和烈焰红唇小姐他们的圈子。

于是她哭着来找我,因为我和高冷先生以及烈焰红唇小姐的关系不错,想让我帮她一把。那是我认识她到现在,第一次看见她哭泣。

"你就告诉我该怎么做他们才会接纳我吧。"

"我帮不了你。"

"你怎么那么冷血!你和他们关系那么好,你一定会有办法的。我明明已经很努力了,可是他们好像还是不喜欢我。"

作为旁观者,我真的发自内心感觉到了学霸小姐的努力。可我还是不可能帮她这个忙的。因为,圈子不同的人,是没有办法相互融合的,毕竟我们都知道,强扭的瓜,不可能甜。圈子不同的人没办法融合在一起的原因有很多:可能是生长环境不同,生活水平不同,兴趣志向不同,生活层次不同。圈子不同,又怎么强求相融?

"你以前不是经常说我不够接地气,显得不合群吗?"

是，我曾经说过她不够合群，可我所说的合群不是希望她为了去迎合别人而费尽心思改变自己，情绪低落，茶饭不思，而是显得平易近人一些，能更好地去融入大家。学霸小姐为此付出过努力，可是她不知道，有些东西光靠努力是没有用的。

她似乎误会了我的用意，要知道，有些时候，合群是迫于无奈的选择，因为只有这样才不会显得格格不入，不会太过耀眼，不如顺其自然，不必勉强，总会有人理解你的孤独，也总会有人尝试着融入你蓄谋已久的狂欢派对。更何况，既然努力过还没有效果，又为什么要选择在同一棵树上吊死呢？真正的合群是，躲开无效的社交，学会拒绝无聊的约会和无趣的人，然后找到真正喜欢自己的那个圈子，成为那个圈子忠实的驻客。合群并不是要她去放低自己然后做老好人，要知道，学会拒绝不合适的人，然后放下身段去找适合自己的人，比发好人卡还要困难一万倍。

毕竟,生命中有许多的人啊,看她第一眼的时候你就知道你和他会成为朋友。但也有很多人啊,见他第一眼的时候,你就该明白,他并不值得你去努力,更不值得你在他身上浪费生命,因为你们之间有一条深不见底的沟壑,又或者你们本身就是两条永远不可能相交的平行线,因为你们本身就是两个不同世界的人。

在感情里,希望你永远记得,所有说完再见就不想再见的告别都是苟延残喘,所有没办法相互取暖的拥抱都是徒劳无功。

四

上周的时候,彩虹先生终于勇敢地面对了自己的内心。

似乎是时代的改变,让大家对他的坦然和诚恳都能欣然接受。

我并没有觉得,他做错了什么。见证了一切的朋友都没有觉得他做错了什么。

世俗是世俗，与他无关。只是我们都明白，他的这条路并不好走。可是，未来的事情本来就是说不准的，人生苦短，我们都无权干涉别人的人生，更何况，如果没有了无可奈何和此起彼伏，每个人都走在同一条轨道，那该是多么的暗淡无光，淹没人群？

他义无反顾地证实了自己的情感选择，所以我们几个朋友都打心里佩服他的勇敢。

当他爸妈告诉他“我们只希望你不后悔地用自己的方式过一生就好”的时候，他哭了。

其实他挺依赖我的，似乎只要有重要的事情就会来问我的意见。

上周之后，我曾发过这样一条信息给他：

我想以我的方式告诉你别哭，但是我不想去劝你，因为该哭的时候要哭，该笑的时候要笑，这样才能活得更像自己。作为朋友，未来的许多困难还要你自己克服，我们都只能陪你走上一段，不长不短，但总该铭心刻骨。我们推着你慢慢走进时光，然后站在你身后和你告别，伫立许久，不断徘徊，只是想让你知道，转身时，我们会在你的身边。

也不知道,他收到了没有。

五

我早就回不到过去那个“任何事都与我无关”的年纪,这是谁都必须去接受的事实,无可奈何也无能为力。就好像这一路上留下的无畏和执拗以及天生的傲骨。世界不可能与我无关,既然来到世界上,就会有生命充满光辉,也会有生命坠入黑暗。

这世界太大了,太复杂了,许多人和事,都有着各式各样的轨迹。你可以不去了解,却不能否认它的存在。不过也是,用不着你。因为,复杂的世界,一个就够了。我们穿越汹涌的人群汇集成一条河流,然后在下一个岔口,再一次分流出去,周而复始,因果循环,却没有可能为此做出任何的挽救,因为轨迹太多,而你,只有一个。

2016.5.27 整理

这是我从我的这段时间里的日记里选取的比较有代表性的片段。不是说故事或者人物有多么特别，而是这些片段里的人物，代表了四类人不同的感情处理的方式：胆小、自私、自卑、平等而勇敢。我们都运行在自己的轨道上，忙碌于自己的生活，甚至我和口是心非小姐早已失去了联系。

再次读完这篇文章后有一种惊觉：每个人处理感情的方式都相同，对待你的方式也不同，有些时候你明明都明白，要事不关己高高挂起，但现实就是这么令人措手不及。这世界上有人爱却不敢说，有人却欺骗着别人的爱，有人让自己的感情卑微到尘埃里，也有人为平等的爱而挣扎着耗尽全力。

— *Chapter 14* —

愿你将所有的美好
尽收眼底

那个充满活力的小伙子：

很幸运你选择了我做你的父亲，谢谢你进入我的生命。

亲爱的儿子，你应该知道，你的出生给我和你母亲带来了多大的喜悦和光辉，就如同星星，为我们照亮了整片银河。你让我们的这个家变得更加温暖和完整，也让我和你妈妈的余生都充满惊喜。

我不知道你会是哥哥还是弟弟，但无论如何我都知道，你会是一个充满力量而且勇敢的男孩子。我很高兴你能加入我们的生活，也很惊喜能看见你的成长，有朝一日，希望你能和爸爸一起，承担起保护妈妈的责任，可能你还不知道，在你面前看似坚强的妈妈，其实很需要你的保护。你要对妈妈好一点，因为她是你生命中最大的功臣。

我写这封信给你的时候，其实你还没有到来，但我依然坚持写下，我作为一个哥们儿和父亲对你未来的想象。

你小时候可能很懂事也很调皮，这都不要紧，因为这是你身为男孩子的天性，只是我希望，你在保护别人之前，要先懂得保护自己。青春期的你或许会有些叛逆，我和你妈妈很愿意倾听你青春的忧愁与烦闷，希望你永远记得，无论遇到什么样的困难，爸爸妈妈永远都不会把你推开，毕竟这都是成长的必经之路，每个人都需要给情绪找个出口。能有机会倾听你内心的想法与声音，是我作为你父亲的荣幸。你应该要知道，在你们兄弟姐妹们出生之前，我也曾和你一样是个孩子，一个有些敏感和小心思的孩子，是你让我在一夜之间长大的，为父则刚。

我不会给你太大的压力，无论是在学习上还是工作上。但我希望你至少要懂得努力，懂得付出，做个有梦想的人，至少你曾用尽全力努力过，即使失败了，也没有关系。你要明白，我要的不是结果，而是你是否享受去创造并且实现的这个过程。放心吧，我一定会给予你最大的支持。

亲爱的儿子，你知道吗？其实你的身上有着你所不知道的许多潜能，你有着许许多多尚未被挖掘的天赋。所以我希望如果有机会，你能够静下心来，慢慢思考，你想用什么样的方式过好这一生。不要害怕跌倒和受伤,所有的困难坎坷都会在你的未来里发出耀眼的光亮。我不会要求你每次的考试都成为第一名,但我希望你用尽全力,我不会要求你在人生的这场赌局里把把都赢,但至少,胜算应该紧握在手中。

你可以选择打你喜欢的游戏,但是我希望你不要沉迷,别把时间过度荒废。你那么优秀,那么聪明,就应该做个心怀梦想和世界的年轻人。有自己的梦想,然后付诸于实际。也不要常常宅在家里,而是多出去走走,这个世界很大,总有你意想不到的惊喜。多与人交谈,你会发现自己的不足,也会有机会找到能与你惺惺相惜的朋友。

作为一个男孩子,我知道你很聪明,也很有天赋,可是对于一个男孩子而言,更重要的是,我希望你能拥有开阔的眼界和透明的心境。闲来无事的时候,多读些书,它们会帮你提高层次,深刻你的内涵。虽然我会告诉你,读书不一定能改变你的命运,但不读书,没文化却万万不行。因为眼界和文化决定了你的格局,决定了你将来会遇到的什么样层次的人。你永远要记得,你的言谈和气质里,透露着你所读的书和走过的路。

说完了读书,你还必须知道,这是一个很现实的世界。有内涵的同时,还需要对自己的外表负责。时代改变了,把自己打扮得精致不再是女孩子的专利,外表也是成功的必要条件之一。无论是女孩子还是男孩子，把自己打扮得漂亮帅气并不可耻，徒有其表的人才是可耻的。相信我，精致干净的男孩，要比邋遢不修边幅的男生，要更吸引人，也会得到更多机会的垂青。但是在打扮的时候，你永远要记得，你是一个男孩子，精致中还应该透露出男生特有的些许粗糙以及荷尔蒙才更加诱人。

作为一个男孩子，很重要的一点是不能小气，要在合理的范围内，力所能及的范围里大方慷慨，吝啬的人很容易失去朋友。倘若你的生活比别人好，不要随意炫耀，因为轻易破坏别人的幸福并不值得骄傲。也希望你不要随意地羡慕和嫉妒别人，每个人都有选择自己生活方式的权利。

这一辈子很长，我不可能陪你走到最后，终有一天你会挣脱我的手掌，去寻找属于你的世界，也终有一天，我会与你告别，去世界的另一头等待和你重逢的那天。这一辈子也很短，短到一生只够爱一个人。你不仅仅要学会去喜欢，还要学会去爱。如果未来的你有幸爱上了某个女孩，我希望你能真心诚意地对待她，不要随随便让她因你受伤，你要知道，在你们遇见彼此之前，你是家里的宝贝，她也是她家里的宝贝。总有一天，你会从男孩变成一个男人，我希望你的肩膀和胸膛能成为她得以停泊的港湾。

我不会要求你的这一生该有多么的伟大，只求你平凡却不平庸，能以自己的方式过好安稳的一生，把所有的美好都尽收眼底。

你的父亲和朋友

写在他二十岁生日后的第一个早晨

2015.6.16

写了一封信给自己未来的儿子，也写了一封信送给未来的女儿。虽然我不知道他们会不会如约而至，但终究是我对于未来的憧憬，也是件有趣的事。这两封信我所选取的角度都各不相同。写给女儿的信侧重点是情感的交流和对她未来的打算，而写给儿子的这封信则更侧重于让他知道该做一个有目标有梦想，敢挑战也敢失败的年轻人。男孩子和女孩子是不同的，女孩子，我会怕她受伤，而男孩子我则不想干预太多，因为我相信在未来，做好引导，他会走出一场精彩的人生。谢谢我未来孩子的爷爷奶奶，能让我在不长不短的人生里活得如此从容和通透。

— Chapter 15 —

泛泛之交容易，
掏心知己难觅

有些时候，在一个特定的环境下，会发现自己的许多弱点。

曾经有一段时间，突然发觉自己变得很敏感、胆小和缺乏安全感。我自己虽然很痛恨这种感觉，可就是克服不了内心里那种莫名的恐惧。那一段时间恰巧是我出第一本诗集的时候。周围突然间冒出许多不和谐的声音。这些不和谐的声音不仅仅是包括质疑，也包括了很大一部分莫须有的蜚短流长。

安全感这种东西，似乎和身处的周遭环境是有很大关系的。在出书之前，我一度认为“人心向善”，都只看见美好的那一面。但是，这个观点在我出完书之后开始动摇，最后崩盘。

刚出书那会儿，我的背后在很短的时间内出现了许许多多奇奇怪怪的言论，身边很多原本建立起来的信任都在一夜间崩塌、瓦解、粉身碎骨。也就是从那一段时间开始，我变得很没有安全感。因为四周虚伪的一面开始慢慢露出本性。这些虚假让我不得不对周围的很多事物开始抱有怀疑的态度。在那种人与人相处之间表里不一的氛围下,我才发现,原来血淋淋的不堪,远远比美好的表面要来得可怕得多得多。或许你会觉得我这么说过于绝对,可是,在我看来,真的是如此,并不为过。我开始有了变化,现在看来,那应该是一种成长。

那段时间,我发现,朋友真的不需要太多。扪心自问,看似朋友成百上千,走到哪里都是一口一个“兄弟”,听得令人心花怒放。可是真正值得你去信任的,打从心底里把你当成”兄弟”的有几个?当你最危难的时候,能够站出来拉你一把,与你一同分担,为你加油打气,对你不离不弃的又有几个呢?

也许你认识的人有很多,却不是每个人都有资格做“朋友”。我曾经很庆幸我有很多朋友。我们互相留了电话号码,遇见也会打招呼。我把这些人都定义为朋友,可是事实证明,是我太天真了。

这些所谓的“朋友”是我最应该感谢的人。他们给予了我成长的机会,让我学会了如何去辨别善与恶,学会有价值地去付出自己的真心。正是这些“朋友”表面一套背后一套的表演,让我意识到真心用错地方,只会为自己换回伤痕累累。

这些“朋友”在你最需要帮助的时候，躲你躲得远远的，生怕你的不幸沾惹上他。虽然表面上对你依旧点头哈腰，背地里却不知也给你使了多少绊子。表面功夫人人都会，正是这样，他们一个个都成了“影帝”、“影后”。更可笑的是，他们自以为自己的演技很高超，你一直被蒙在鼓里。可事实上，我们不去争的原因是因为不值得，你身上的一切都是珍贵的。你的真心、你的付出、你的火气，如此这些，都是为了那些值得的人准备的。它很有限，用完就没了，永远不要为了不值得的人费时间、费精力，这就是生命中“过客”与“朋友”的差距。

泛泛之交容易，掏心知己难觅。

做第一本书的新书首发式的时候，我每天都忙得焦头烂额。首发式结束之后，随之而来的，是“鲜花与板砖齐飞，赞美共质疑一色”的境地。可是我对一切很坦然，我不过是活出了自己所想要的模样，并没有做错什么。或许若干年之后，当他们长大，应该会为自己当年的幼稚而感到不好意思吧。

我身边有一个朋友，我习惯叫她讨厌香菇小姐。

她是首发式团队的核心成员。当她看到舆论四起的时候，给我发来了一封长信息，对我说：“我不知道你身边有多少朋友可以做到这样，但是我可以打包票，我就是那个就算天塌下来,也会和你一起顶着的人。希望你记得,无论你如何,无论你走到哪里,我们这一群人都会是你强大的后援。”

我们到底是为什么冷战我早已记不太清了。大体可能是因为我脾气过于暴躁或者我的某些习惯让她不适应或者厌烦吧。所有的感情都是这样,开始的时候热情如火,然后平静下来,我们都会认真考虑是否该继续。

我只记得我只是不带任何希望地告诉过她我要开首发式,好好先生还有 Dione 小姐他们都来帮忙了,如果她有空的话,我当然希望她也来。

“我要开始准备做首发式了,反正你有空就来帮我个忙呗。如果你忙实在没时间,没关系,我理解。”

“哦。”这就是她当时给我的回答。

隔天我一到大礼堂远远地就看见她站在舞台的中间帮我打点一切。我忽然感觉到鼻酸,不是因为伤心难过,而是因为感动得无以言表。

我和这个朋友,曾经冷战,大概有半年都不曾说过话,可是当她听到我要做首发式的时候,却为我挺身而出。我们之间并不是不曾有过矛盾,她却愿意对我这般,为我加油,为我打气。她给了我继续下去的力量和理由。

后来有过一次谈心,她说,她那段时间与我冷战,很大一部分的原因是我太矫情,她受不了,而且过于主观,习惯把自己的想法强加在别人身上。

我无言以对,但确实是这样。

如果说我高中生活中结交到的这一群朋友,给了我温暖。而她,就是那个不仅给了我温暖,而且让我不断蜕变成长、日渐丰满的人。她总是大胆地说出我的不足,常常吐槽我的缺点。为了让我人生第一次的首发式更加完美,她甚至不惜对我破口大骂。事后再提起,她都不禁笑道:“我简直就像你妈!”

她是真心希望我好。这也是为什么我们两个能在发生争吵之后,再度和好的原因。

在我和她的关系里面,她是周瑜,而我是黄盖。

会吵架的朋友,总比那些天天和你打哈哈的朋友好太多了。他们知道你的荣耀,也知道你的不堪。他们能够在公开场合对你破口大骂,只是因为,他们希望你变得更好。他们明明知道你有很多缺点，却不会对你抱有任何的嫌弃。他们不断地与你做着暂别，却从没有真正离开你的身边，一转身，你就会看见，他一直在你的身后。

真正的朋友，他不会嫉妒你的成功，他不止与你一同分享，也和你一同分担。你们或许没有常常联系，但却知道心里互相记挂着彼此。朋友都是合之则来不合则去的，但却别轻易说分开。不是所有人都担得起朋友这个名号，留下来的朋友越来越少，他们也就越珍贵。从前的人走了，你该感谢他，因为你的心太小，他的离开为你的新伙伴腾出了空间。

如今讨厌香菇小姐已留学英国，我和她一切都好。

2014 年她生日，我在新加坡，她在英国。

我在微信上对她表示了祝福。

她说："我好想以前你写词，我跟好好先生谱曲唱歌，一起聊天开玩笑，一起在学校的日子。"

过了一会我回复："我也是。我真的希望大家都好好的，无论发生什么。"

对话框里显示着她正在输入。

过了许久,她说:“嗯,大家都要好好的。尤其是你!当你出去的时候,我们都好担心你自己一个人怎么办。”

矫情的我,泪腺本就脆弱。

我躺在床上,对着手机键盘敲打了半天:“我未来的计划里,有你,有好好先生,有Dione小姐……老到掉牙了还要在一起。”

她说:“好,我也记得。不管大家在哪里,心都在一起。不管联系是否紧密,心都在一起。”

好吧,我就是那么矫情,我也不知道是为什么,不过,挺好。

2014.11.5

不知道为什么，现在的我对于开始一段新的友情挺排斥的。不为别的，只是因为我内心所求的，并不是什么新鲜刺激，而是身旁能有可靠的温暖。不禁会想，这何尝不是一种初老的表现。因为要开始一段新的关系，无论是什么，都是繁琐的，毕竟对于我这样一个厌倦了繁琐的人，简直就是一种累赘。拿友情来举个例子，崭新的一段友情是脆弱的，从脆弱到坚如磐石需要时间，在这段漫长的时间里，需要呵护和等待。我会担心自己没有时间，也没有足够的精力。唯一值得聊以自慰的便是，虽然新的面孔依然不断地出现在我的生活里，却依然也见到了许多真诚的心灵，静下心来，掐指一算，还能够安慰自己：要紧的人都还在。

— Chapter 16 —

牵绊，迁就 or 绝交？

前几天和鲨鱼小姐一起吃晚餐。从餐厅出来的时候因为太晚,黑漆漆的,又没有路灯,于是她便挽着我的手臂。

她忽然止步,然后很认真地问我:“我们会不会有一天因为吵架然后就绝交了呢?”

我很惊讶她竟然这么问我。

我平静地回答道:“不会。”

“你为什么那么肯定?难道我们不会吵架吗?”

“吵架当然会。但吵架一定就要绝交吗?”

“我已经和好几个朋友因为吵架,然后绝交就不再联系了。”

"绝交,这种事情我不会。"

曾经沧海难为水。我好像离绝交这个词越来越远,我们之间的关系好像越来越陌生。"你会绝交吗?"这句话若是发在我小学的时候问我,我的答案应该是肯定的。其实我自己也不太清楚。但是放到现在问我,我一定会把"不会"这两个字重重地砸在问者的脑门儿上。那早就已经不适合我了。

小时候读幼儿园,坐我对面的那个女娃娃经常跟我闹脾气,每次她一生气就会说:"我再也不跟你好了。"

我有时也会回她:"我也不想跟你好了。你别跟我说话。"

结果早上才完成了小时候的所谓"绝交"的仪式,到了下午十有八九就会变成:"算了,我还是跟你好吧。"

可是又过了一天,"我再也不跟你好"这个句子就又出现了。

现在就连我自己回想起来都觉得好笑。

小时候的"绝交"很可爱,但长大了,如果还是一如既往的这样就幼稚了,傻得可笑。

大概是她年纪还太小,又或者是因为我经历的事情太多了些。如果两个朋友从不吵架,便不能称为朋友吧。如果两个朋友吵架完,又能和好如初,那这份情感便是真的了。她大概还不懂得,朋友是相互依赖的。就好像一个女孩很依赖她爱的那个男孩一样。只不过,这份感情,一直没有越过界限,恋人未满罢了。

朋友是需要相互迁就的。因为两个人的生长环境不一样。她有你没有的优点,你也有他没有的缺点。这是相互的。求同存异,你不可能要求你所有的朋友都和你一样,那样多没趣味呀;人无完人,你也不能要求每个朋友都如你想象中的那么完美无瑕,更何况,你也不完美呀,不是吗?如果自己心里明白彼此在对方心里有足够的分量,那么也就不会存在绝交一说了,若是随随便便就绝交,那样的友情也未免太肤浅了些,绝交,便也没什么可惜的了。

一个人若是敢于将自己最不堪的一面、最丑陋的一面在你面前表现出来,那么便足以证明你和他有多么亲近,你对他有多么重要。若是你看到他的缺点还很愿意和他在一起,那么这份友谊便深切多了。

我们总有一个习惯，就是把自己的坏脾气留给了自己最亲近的人。相反，如果有一天，我对你越来越客气，那就说明我们变陌生了。我从不相信，有朋友间是不吵架的，谁不都是经历过几次冷战、几次拉黑、几次互相不理不睬，一步一步走来的吗？

但是，我却也不得不说，迁就是需要有限度的，你并不需要无条件，无限次的去做到迁就。所谓迁就，有些时候其实是一种牵绊。在一段关系里面，时时迁就，事事迁就，久而久之，便好像成为了一种理所应当。那是会累的,还不如换个位置,或者放手来的干脆。不为什么,那只是因为不想纠缠了,没有力气了。就是有那么一刻,觉得和某个人回不去了。于是便会想说这么一句:这一世缘尽至此,我很好,你也珍重。

有的人,你迁就他一次两次甚至无限次,你都心甘情愿。有些人你却连一次机会都不给,这是很正常的,因为你的内心告诉你,没必要。

于是便有了绝交。

但是,有时候,还是会舍不得,因为这种牵绊,成了一种习惯。

两个人相处,就是这样的,被迁就羁绊着,时常生厌,却常常自我安慰,不过就是一个愿打一个愿挨,然后,冷静下来,还会感谢那个给你机会迁就他的人,因为他丰满了你的生活。

我发现,我自己越来越没有勇气去交新朋友了。

我需要去考虑的事情太多了。心中所说的朋友是那种融入到生活里面的,不是那种在学习工作上有交集,离开了学习和工作,彼此就没有任何在发展的余地的那种。那样的关系,称不上朋友,顶多算认识。

我没有勇气再去交朋友,并不是因为我沉浸在过去。只是因为我会担心,我没有足够的精力去了解他,理所当然地去融入他的世界。而且,同时,我还担心,他无法理解我的交友方式,担心他误以为我冷漠他,我心里没有他。很害怕再陷入一个全新的迁就与牵绊的漩涡。因为没有力气去拉扯和挣扎,也因为害怕失去。

我们总是要长大的,长大的一个过程就是学会去不把“绝交”挂在嘴边,而是学会接受自己身边那些自己看不顺眼的人和事。如果两个人觉得在一起相处有那么一段时间不舒服,那么我会选择两个人停止联系一段时间,平静一下,但内心里依旧还会有他的位置,心里的那扇门依旧不会上锁,而是等他平静过后,再次将它叩开。

2014.3.19

这篇文章送给我在新加坡认识的第一个朋友鲨鱼小姐，她单纯得让我害怕她会伤在别人手里。问我这个关于“绝交”的问题的时候，她十六岁。如今两年过去，她十八岁了，可有时还是幼稚，拎不清而且神经大条。

我们各自忙碌着自己的生活，已不能像以前那样常常见面，但偶尔依然会想起对方。她是那样单纯美好，可我也会不由地替她担心，怕她会伤在别人的手里。谢谢她在我最孤单的时候，陪我走上一段。她是一个好女孩，但愿她之后生命中遇见的每一个人都能给予她足够的温暖和安全感。

— Chapter 17 —

被泪淹没的机场

这一年，真的经历了很多，也觉得自己改变了很多。不得不说，成长的确是残酷的。至少，在心境的某一些部分，它是这样。

我记得我小的时候，特别喜欢去机场，特别喜欢坐飞机。可是现在，大概是心境不同了，反而却很害怕去机场。仿佛，机场对我而言，已经失去了小时候那种出门旅游时莫名的喜悦了。在我的心里，它也早就是去了它从前在我心目中的样子，特别是它所带给我的感觉，大不如前了，我甚至想要去逃避。这或许也能算上是成长的一种妥协吧。

生离和重逢，天天在机场上演着，从来不会停息，交替进行，就好像拥抱和分手。重逢的喜悦和生离的眼泪，默契地配合着，就好像唱歌时真假声的熟练转换。

那种感觉是真切的，也是热烈的。我不知道该怎么样去更好的描述我自己在机场时,面对悄无声息的转换,我是一种怎么样的感觉。可能用真切与热烈这样的两个词过于抽象,也可能是过于无力。

那么,直白一些,就是:想哭。

特别是到了新加坡之后。

我常常在想,若是机场是个蓄水池,配有结晶和过滤的装备。那么,机场里日积月累下来的眼泪,能救活多少没有水就不能呼吸的鱼,以及水资源紧缺的国家。

我第一次在机场流泪,是第一趟去新加坡,然后妈妈要回国的那天。那天,我陪她一起去机场,一路上,我们依旧若无其事地聊天,然后一起在机场的航站楼里吃了午餐。

吃完午餐以后,妈妈说她想先去退税,我看了看时间得赶回学校去上课,就和妈妈拥抱,然后说再见。

拥抱完,妈妈拉着行李,往退税区的方向走去,留下了她的背影。

忽然,我便感觉到鼻子一酸,有种眼泪要向外泉涌的冲动。果然,在我转身过后的那一瞬间,眼泪再也没忍住。我尽量让自己忍住不出声。

我没办法想象,也不敢想象,在另外一个方向的不远处,妈妈又是一种怎样的情绪和表情。

后来她告诉我,她也哭了。

第二次流泪,是在厦门的机场。在去机场之前,我去和外婆道别。那也是我见她的最后一面。

我记得那天天气非常的不好,航班延误,还差点说飞不了。现在想一想,或许是一种预告和挽留。

临上飞机前,我接到了表姐的电话,她说,外婆的情况很不好,或许我这次回新加坡没多久便又要再回来了。说实话,我当时真的很害怕,也很纠结,一度想打电话告诉爸爸,我想暂时留下,不想走了。我在候机室里,一边和表姐通电话,一边默默地流眼泪。

最后,我还是搭上了那班飞往新加坡的飞机。

等我再次回到厦门,也不过是短短两天之后。

那一次，对于我和外婆而言，生离成了死别。

那天晚上，我刚回到家，一进房间就接到我父亲从国内打来的电话。

“我给你订了明天早上八点回国的飞机。”

我的心不由地咯噔了一下——

“你静静地听我说，外婆刚刚去世了。不要哭。”

我慌忙随意整理了几件必需的衣物，坐上德士朝机场奔去，尽管航班是隔天早上的八点才飞。我父母至今都不知道，我是如何在机场度过那一宿的。

我拖着脚步走进机场航站楼的大厅，面前是一具又一具为了生活奔忙的生命，我在他们的中间，渺小得如同尘埃，仿佛一个不小心就会被人群淹没，他们漫不经心地赶路，我的无助在他们眼中根本不值得一提。

直到我收到大白先生给我发来的信息：我在你后面。

我转过身去，他穿着一件他标志性的纯白的T恤衫，浅色破洞的牛仔裤，和一双黑色的帆布鞋。

“你怎么来了？”

“刚刚你在车上给我发信息，看到了之后，我觉得不放心，就过来看看。”

他手上提了一袋的啤酒，对我说：“伤心的时候就要喝酒，喝完了之后，大声地哭出来，哭完就好了，别好面子憋着，你没那么坚强。”

我和他在机场大厅席地而坐,他也不安慰我,只是陪着我一边喝,一边哭,就这样度过了漫长的一夜。过往的旅客,竟没有一个为我驻足或者停留。

大白先生就这样陪了我一夜,等隔天早晨帮我换完登机牌,看着我进入了出发厅他才回家。

我渐渐地习惯了在飞机场里穿梭,也习惯了被它注视和包裹。它像一个旁观者,夜以继日目睹着不息的欢笑和泪水,它将它们完好地收集起来封存。但渐渐地,它似乎也已经习以为常。

它习惯了被分别的泪水没过额头,也习惯了用重逢的欢笑丰富表情。

它喜欢泪眼的目送,也喜欢笑脸的迎接。

我不停地,频繁地穿梭在机场,匆匆忙忙,从前或是因为去旅行,但现在越来越多的情况是,为了回家。我很害怕,害怕我终有一天,会如同机场一样麻木,然后,不再像是生活中平常旅客的其中一员,而是对这大喜大悲,都如同机场里的工作人员一样,视若无睹,不再有其他多余的感觉。

心还是热的。总不能像这被泪淹没的机场一样，没有温度。

2014.8.27

整理这篇文章的书稿的时候，忽然就想起了许久未见的大白先生，我们常常在微信上有一搭没一搭地聊着。他和重情重义先生其实很像，只是重情重义先生嘴硬而且又很大男子主义。我和大白先生其实都是属于善于表达感情的人。我一直记着他跟我说的那句话："坚强不过是男人用来欺骗这个世界的伪装，我们其实都一样，没有想象中那么无坚不摧，只是不愿用脆弱面对太阳。"

— Chapter 18 —

颠沛流离时，
你是自己最好的陪伴

生活有一种可怕的诅咒：我们总会变成自己讨厌的样子。说实话，我自己也很害怕。在生活的这场漩涡里，一直不停地在寻找，寻找和自己志同道合的人。这似乎是不难的，难的是原先你认为和自己志同道合的人，不愿陪你颠沛流离。而那些愿意陪你颠沛流离的人，却费尽心思把你变成他们想象中所希望的样子。

或许生活安逸，或许处境优渥，又或许那不过是为了掩饰内里颠沛流离的表象。颠沛流离其实挺好的。只不过内心容易为此而感到不安。那种不安不是因为生活不够完美，而是因为内心的孤独。

内心的孤独是需要陪伴，我们却不知道自己想要的所谓陪伴到底是什么。其实说起来，自己还是最明白自己的。在人和人的关系里面，我们常常不敢面对的，恰恰就是我们本身最渴望的。我们总渴望被人陪伴，却不明白这就像是一对相互的作用力。生活有一种幻象,就是在你睡着之前送了你一朵玫瑰,带你醒来之后,我在手中的玫瑰却成了带刺的荆棘。我为什么这么说,那是因为,当我们在交到一个朋友时,我们总是满心喜悦,常常不需要多加了解就容易认定,他就是那个你所需要的,志同道合的陪伴。其实真相是,当你从迷惑中如梦初醒时,会恍然发现,那个人,其实与你根本就是,志不同,也道不合。

我有个学问高深的伯父说我是个极为孤独的人,因为我内心孤独。我觉得他说的是没有错的。我的确孤独。因为我挑剔,不是所有的东西都能轻易看得上眼。我不喜欢别人来改变我,我也很少试图去改变别人。每个人有每个人自己的习惯,都是这众生芸芸中最独一无二的存在。我活到现在二十年,遇到过许多人。我感谢他们丰盈我的生活。但其实说实话,能够让我感到内心不再颠沛的人,没有几个。人生苦短需尽欢,大部分在我生命中出现的人,对我而言都是这样。

失联客机先生和好好先生应该是我生命里迄今为止让我感觉到最安稳的两个朋友。他们很典型,却又各有不同。

前些日子,忙着准备过年,好好先生让我陪他去购置新年的新衣。我和他开玩笑说,再过个几年,如果我的孩子出生,就让他做孩子的干爹。他笑着点头应允。那个时候我才发现,我们两个人的关系其实发展得很迅速。

我是在11年的夏天认识他的,到现在不过近四年的时间,可他却是融入到我生活中极为迅速的那一个。他很简单,我面对他的时候没有包袱。我的脾气有些时候的确不够好,也有很多不够完美的缺点,但他从来不会强求我去改变。有些时候他会迁就,但也不会一直迁就,或多或少有些时候,他也会透露出他对我缺点的一丝不满,但这并没有影响到我和他的关系。

我和他属于道合。更多的时候,我感觉他是我的支持者,在这生活的洪荒中,伴我颠沛流离。去了新加坡一年多,我和他的联系很频繁。有很多事,我会更愿意说给他听。他会静静地听我说,然后给我些建议,我觉得这样,真的减轻了我内心的孤独感。

前天去鼓浪屿,他又提起了“做干爹”这个话题。是因为那时他抱着鲨鱼小姐的弟弟。只是这次换他问我觉得他什么时候会有孩子。我笑着说我不知道。我以前跟他说过我那位伯父很博学,什么都懂。好好先生开玩笑着要我试着问问他,我什么时候会做干爹。他要说的意思我自然明白。

和失联客机先生算是志同,他文好,能在我有所困惑的时候,帮助我一下。他大学读的是新闻媒体类的专业,倒是我很感兴趣的。

15 年春节前好不容易和他见上一面,相谈甚欢。每次和他聊天,都有一定的收获。如果真要说他和好好先生有什么不同,那么就是,在和好好先生交往的过程中,我比较追求的是生活的平淡感,但是在和失联客机先生的交往中,我追求的更多的是精神的层面。

我和他那种朋友之间的默契是骗不了人的。最好的朋友是,十几年来慢慢磨合,时间久了,不再单纯追求新鲜,而是遇到解不开的结,或者是重要的事,就会想与他促膝长谈,眉眼一对,彼此相通,交往起来不再寻求刺激,而是在与他交谈的时候,内心踏实,会有一种无以言表的安全感。

他们两个是在这颠沛流离的生活里,我感觉到最志同道合的两个朋友。真的,寥寥,但却已经足够。孤独并不是件大不了的事情,就好像,在外孤独漂泊的你,总有一天也会谢谢自己在陌生的城市中,学会了撑开自己的保护伞,谢谢你成全自己的勇敢。

我自知能够有这个能力陪我颠沛流离过完这一生的人实在太少。我本身内心的意愿就是宁缺毋滥。在经历孤独、坎坷、不安、恐惧的时候，自己是最明白自己的。不用费尽心思去讨好和取悦别人，却可以得到自己想要的快乐，这是我想要的。好还是不好，都不过是冷暖自知的事情。我感恩让不完美的自己遇到为数不多的知己，也感谢他们并不嫌弃。人这一生，本就都有属于自己的造化，颠沛流离，却也希望被温柔相待。我不太希望我的生活复杂疲累，我不愿成为自己讨厌的样子。有些时候，或是颠沛，亦或是流离，外在的孤独，志同道合的人可以解决，但若是内在的孤独，我可能是我自己最好的陪伴。愿志同道合的人能继续陪我颠沛流离，若没有，就像卢思浩说的那样，我也能成为我自己的太阳。

2015.2.4

这篇文章是卢思浩的书《愿有人陪你颠沛流离》的读后感。

— Chapter 19 —

就这样，在时光里与你重逢

一

我从来都习惯称她为“阿嬷”而不是“外婆”或是“奶奶”。我记得我从来都没有这么称呼过她，因而当我打算写这篇文章的时候，我依旧希望我能够延续这个我保持了二十多年的习惯，这样不但显得亲切熟悉一些，而且当她听见“阿嬷”这两个字的时候也能够知道是我在呼唤她。

认识她的时候，她刚从老旧的“洪本部”老屋搬到新家

我常常听我母亲和几个姨妈提起，那个时候的她腿脚已不灵便，即使那是一个在现代年轻人观念里一个还不算太老的年龄。当时的她已经是一名糖尿病患者并伴有高血压。在我的记忆里，她的肚子就像是一个装药的橱子，每天都要按时

按量吃着不同的药,从来都是药不离口的。

那一年,我出生,她六十五岁。

二

我小的时候她很胖,大约有七十公斤。虽然很胖,但是按照她的身材比例来看,她的下半身依旧很苗条,特别是那两条细细的腿,这样一来,上宽下窄的身材看上去便有些与众不同,有些滑稽又不失可爱。

她的眼睛小小的,不大,细细长长。她将头发剪短后烫起,那个时候的她头发还算乌黑,皱纹也不算多,只是额头上和眼角隐隐约约会看到星星点点。我记得,在她额头偏左被头发遮住的位置,有一颗很特别的小红痣。她见到我总是会慈祥地笑着,把嘴咧开,露出几颗假牙。她的鼻梁不算太高,但也不扁,鼻头很饱满。她有一对很大、很长、很展、耳垂很丰满的耳朵,形状很是好看。大人们告诉我,那是长寿的象征。耳朵上面总是戴着一对黄金的圆豆形状的耳钉。我不懂得该如何用我笨拙的文字去形容她在我眼中的美好,她真的不能算是一个美人,但却是一副满脸福气的样子。

那时候她家没有装空调，我常常告诉她：“阿嬷，等我长大了，要赚钱买台大空调给你。”

和她在一起的记忆，也大概是从那个时候才开始的。

那一年，我四岁，她六十九岁。

三

我记得有一段时间，很不喜欢上她家去。每周末当妈妈说要带我去阿嬷家的时候，我总是避之不及，又哭又闹。我心里是很想去的，只是因为阿嬷家住在一楼，因为楼层低所以蚊虫特别多，偏偏我又很招蚊子的喜欢，每次我一到她家的时候，她家的蚊子就迫不及待地对我表示“欢迎”。她总是急忙找出一些类似万金油之类能止痒的药帮我擦拭，然后一边擦一边笑着说：“你小孩子的肉比较香，我老了，坐在这里一整天了都不会被咬。”

于是渐渐地，我减少了去阿嬷家的次数，改成打电话关心她。她不懂得打电话，一般都是我打电话去给她。我一般都在她准备吃晚饭的时间打过去，这样可以顺便关心一下她晚餐吃什么，提醒她餐前先吃药。她接电话的速度总是很快，大约是她总是坐在最靠近电话的位置的缘故。她的食量很大，一餐可以吃下两三碗大碗的稀饭。因为她有糖尿病，稀饭水分多，所以医生叮嘱她要吃白米饭，别吃稀饭。她自己深知这一点，所以我每次打电话去给她的时候，她总是告诉我她吃的是白米饭，后来在我长大一些的时候，她才告诉我，那都是她为了不让我担心所以骗我的，其实她吃的都是稀饭，她说那样很舒坦。

每次通电话的最后一句，她总是会说："你有时间要来哦，记得要乖哦。"

那一年，我五岁，她七十岁。

四

再后来，我上了小学，渐渐懂事，总是抓紧时间完成所有的功课，在星期天到她家去。几乎每个星期都是这样，只可惜那个时候的她得了白内障。

我一般都在下午的时候去，妈妈开车载着我。阿嬷总是喜欢在下午太阳不会太大的时候，一个人摸索着到小区里的树荫下和几个老人一起聊天，或者打一种他们老人家才懂得玩的牌，即使她的眼睛已经看不太清，腿脚也越来越不灵便。妈妈总是把车停在树荫下，我下车牵着她，一步一步慢慢，慢慢地走回家去。

她总会在刚进家门就对我说："晚上要留在家里吃饭。"说着就开始忙着给我做吃的。不知道是为什么，她做的卤猪舌头、卤肉、蒸蛋还有木耳汤都特别好吃，虽然眼睛看不清楚，肉也从来都没有按照纹路来切。

她的眼睛越来越模糊，到最后看东西也只不过是眼前那一层薄薄的影子而已。但她依然还会去树荫下，只是走过去的时间越来越久了。

我们两个是心有灵犀的。虽然她的眼睛几乎已经看不见了，但是，每当我从车上走下来时，她依然会马上认出我，然后对其他的老人说："我孙子来了！"我依旧这么牵着她，慢慢地走回家去，虽然那段不远的路我们每次都走了很久，但却是和她在一起时最美的时光，那个时候她的手紧紧地抓着我，我们的手心紧握着彼此的温度，那一刻我自豪地觉得，我就是她所有的依靠。

那一年，我八岁，她七十三岁。

五

一次偶然的机会，阿嬷做了白内障手术，虽然只有一只眼睛，但总算是又再一次看清了这个缥缈的世界。

只是，树荫下那几个曾经和她一同聊天、打牌的老人一个个陆陆续续都走了，于是她便不再去了，而是搬了一张椅子坐在门前，等着我的到来。

我喜欢吹口哨，总是吹着小曲儿。一听到吹口哨的声音，她就会知道是我来了，然后马上把门打开迎我进屋，后来即使她有些耳聋，远距离的声音已经听不清楚，但是每当我在楼下吹口哨的时候，她依然能够很清晰地辨别出那就是我。

我常常会搬一张小凳子，静静坐在她的身边，然后把手轻轻地放在她的手上，她手背上的皮肤皱皱的，头发也不再像以前那样乌黑，我才发现，原来她真的已经年老。

有时候，我们经常一句话不说，只是相视而笑，她嘻嘻地笑着，脸上的笑容绽得很开，就像是一个小孩子，真的很美很美。

从她的笑容里,我发现了一个,我已经快将遗忘的,单纯美好的世界。

她喜欢我穿颜色鲜艳的衣服,每次看见我穿颜色比较淡的或者黑的衣服,她总是会说:“你今天穿的这件衣服不好看。”可是,当我穿颜色鲜艳的衣服,特别是红色的衣服的时候,她就会说:“你今天穿的衣服真真漂亮。”

阿嬷很节俭,我母亲和姨妈给她买的新衣服、新鞋子她总是舍不得穿。她总是愿意穿一些旧的衣裳,她总说:“旧的衣裳穿久了习惯了,比较舒服。”

她总说,刚出生的我就像是一只猫咪一样小,没想到一晃眼的功夫就长这么大了。我总是笑她说得太夸张,她还有些不服气地还要用手比划出小猫咪大小的长度,说道:“你看,就是差不多这么大。”说着还要请母亲她们替她作证,真让我哭笑不得。

大概是因为我小的时候她眼睛看不清楚吧,这是我第一次听她向我感叹时间过得太快。

那一年,我十三岁,她七十八岁。

六

我开始很害怕她会离开我。

特别是在医生告诉我们,阿嬷因为糖尿病导致肾衰竭,要开始利用透析来维持生命的时候。

那一年,我十五岁,她八十岁。

七

我决定只身一人来到新加坡留学。

我把这个消息告诉了她。她说:“要去到那么远啊?”

从她的眼睛里面,我看到了她的不舍。

“你要好好的,我很快就回来了。”

“要多久？”

“真的很快。”

她默默地点了点头，没有再说一句话。

只是，她紧紧地，紧紧地握住了我的手，我再一次感受到了她的温度，只是这次，有些虚弱了。

去新加坡前，我去了一趟香港。阿嬷嘱咐我，要我自己去选一个戒指，当作是她送给我的礼物。

我答应了。那枚戒指每天都紧紧地套在我右手的无名指上，就好像阿嬷一直陪在我身边，紧紧牵着我的手一样。

我晓得她的用意，但是却没有说出口。

她变得越来越瘦了。

第二次从新加坡回国的时候，她因为脑梗，记忆已经开始有些恍惚。

我送她到医院去。一路上，并没有认出这个人就是那个她曾经心心念念，很是疼爱的小外孙子。

她在车后座上，静静地坐着，我坐在前排，时不时地把头朝后面望去，她不认得我，只是依然像从前那样，对我笑着。看上去很温暖，却又让我感觉很心疼。

我极力地将我沉重的脑袋转回来，一声不吭地看着窗外，忽然间鼻子酸酸的，眼泪开始不住地往外泉涌。

那一刻，我忽然明白，生离死别并不是世界上最遥远的距离，比这更遥远的莫过于看似简单的遗忘。互相挂念的人站在彼此的面前，你挂念她，她挂念你，她却不认得你是她最挂念的那个人。遗忘，它就像一把锐利的尖刀，明明知道你的害怕，却又偏偏喜欢在你毫无防备的时候，割开你最柔软的心房，然后再让那些你最珍贵的美好回忆不断在你脑海翻涌，一点一点，一寸一寸，一丝一丝，撩动你最敏感脆弱的神经。

那一刻，我真的感觉，我跟她恍若隔世。

幸而没过多久，她又一次把我记起来了。她躺在充满消毒水苦味的病床上，眼睛微微地睁开，费力地把手从被子里面伸了出来，握着我的手，只是，已不再像从前那样有力和温暖。我轻轻地把头探了过去，她用微弱的声音在我耳边唤着我的小名，然后说道：“你瘦了。”

她又一次向我笑了笑，就好像从前那样，像极了单纯的孩子。

那一年，我十八岁，她八十三岁。

八

母亲告诉我，阿嬷放弃治疗了。

那是在我第三次回国的时候。我深深地知道，那意味着她即将回归时光。我开始学会慢慢接受她即将离开的事实。

我到她家去探望她。

那天她的气色和精神状态都很好，安详地坐在轮椅上，依旧是慈祥地笑着。但是我却对她的异常有些许的不安和害怕，我心里担心那不过是短暂的回光返照的喜悦罢了。

我和她照了几张弥足珍贵的相片，我心底明白，有些事再不做，可能就永远都没机会了。

照片上的她,笑得就像是温暖的阳光一样,我和她又好像回到了从前的时光。

只是,我在长大,她在老去,时光的印记在不断地侵蚀她的身体。

回新加坡的那一天,我去向她告别,那是我最后一次见到她。她这一次彻彻底底地把我给忘了。

姨妈问她:“你认得他是谁吗?”

她躺在床上,轻轻地点了点头,却把我当成了她的外曾孙。

她的嘴唇微微地动了动,对我说:“你要乖哦。”

我用力地点了点头,眼泪像是海水一般冲破堤防,喷涌而出:“阿嬷,我很乖,你为什么不记得我了呢?”

我看见我的眼泪轻轻地落在她的脸上,她把头撇到一边去,眼角泛着泪光。

在去机场的路上，妈妈告诉我，过年的时候，阿嬷交代她到新加坡的时候，记得包一个红包给我。她总是这样，即使是在她病入膏肓，意识模糊的时候都没有忘记，虽然钱不多，但是，对我而言，它的意义却已经超出了它本身。

回到新加坡的那天晚上，在梦里，我见到了她。她打扮得特别端庄，是我从未见过的模样。安详地坐在她家客厅的沙发上，不发一语，慈祥地对我笑着，像一个单纯的孩子。

那一年，我十九岁，她八十四岁。

九

那一天还是到了，是我回新加坡两天之后。

那辆黑色的灵车，载着她，走完了这简单淳朴的一生。

只是，我再也没有机会在树荫下看到她扇着扇子和老人们聊天的身影了；再也没有办法牵着她的手，一边感受彼此的温度，一边慢悠悠地，穿过小路走回家；再也没可能吃到她为我做的，平常普通，却难忘的饭菜；再也见不到，她见到我时那副幸福的表情；再也听不见她唤着我的名字，对我笑着，然后对我说:“你要乖哦。”

那张她曾经坐着等待我的椅子,那台我曾经允诺长大之后挣钱送给她的空调,从这天起,再也找不到它们的主人。

我哭了,哭得撕心裂肺。

看着灵车渐行渐远,我忽然间找到了一个可以聊以自慰的,她把我遗忘掉的理由,大约是因为她太爱我了,放心不下,唯有把我忘了,她才能够走得安心些。

时光的河入海流,终于我们分头走——

她永远定格在八十四岁,而我,还将依旧拖着时光的虚影不断地向前走去。

我静静地站在风中,微风轻轻拍打在我脸上,那感觉就像是阿嬷在抚慰我脸上的泪痕。

十

我轻轻地吻了吻手上的这枚戒指,小声地说道:

“阿嬷，你要乖哦！”

2014.5.14

外婆去世三年了，这三年来，她曾无数次进入我的梦里，仪态大方，笑容温暖，好似从来没有离开过我一般。这是我在她去世后三个月写下的，流着眼泪写完后才发现，这算是给我们这段不长不短的缘分有个交代了。

谨以此文纪念在天国陪伴我的外婆，谢谢她曾在这段漫长的岁月里陪伴我长大。

搁下笔，想起还依然康健的，我的身在福州并未常常见面的爷爷奶奶，心里挂念，也愈发珍惜与他们在一起的时光，心中颇感幸运和温暖。愿岁月能在他们身上慢些赶路，多些停留。

— Chapter 20 —

有一天，你会觉得
自以为是的自己很可笑

Dione 小姐是跟我关系很好的异性朋友。讲到我和她的关系,这其中,自以为是先生是个不得不提及的人物。我本来想躲开,原因是,我觉得自以为是先生不过是泛泛众生与我相见过的其中一个,其实不足以为谈,因为无关紧要。但是后来,我细细一想,觉得这个高高瘦瘦、皮肤白皙里透着红晕的小眼睛的男生,我还是想花些文字来聊一聊。因为他或许是每个女生在爱里成长的这段时间里都会遇到的男孩子,就是自以为很成熟,其实很幼稚的那种类型。

我和 Dione 小姐是因为好好先生认识的,那年我高一。

起初我们的交集并不多,左不过是几个比较要好的朋友聚在一起吃饭唱歌的时候时常会碰到,一来二去倒也慢慢就熟络起来。倒是据说自以为是先生从高一就在追求她,一直到高一年的下学期我才知道,他们两个人在一起了。

高二年分文理班的时候,我和Dione小姐同一个班,因为之前彼此就认识,自然而然,关系也就要更好些。就是因为关系好所以相处起来也就更加肆无忌惮。那种肆无忌惮的感觉其实并不复杂,很单纯,没有其他的想法,可是就是在旁人的眼里多出了许多不同的颜色,可能是他们别有用心,也有可能这大概就是“人怕出名猪怕壮”吧。

没错,这就是偶像剧中万年的烂梗。

Dione小姐因为年级里关于我们两人的传言,我们的关系一度变得很微妙。为了避嫌,她开始躲我。

我能够理解她,但就是因为心中无鬼,所以觉得她有些小题大做。自以为是先生在见到我的时候,我们两个人之间的磁场也有着一种耐人寻味的尴尬。

事情就这样过了大概一个多月。

我很郁闷,因为我要是想要追她,也不用等到明明知道她有了对象,我再去插足,以我和她的关系,若真有意,又何必等到肥水已漏外人田了再去追悔?

下作、无趣,我做不来,也不屑。

在这一个多月里，我和Dione小姐几乎不说话，只不过是在一些没办法的场合中礼貌性地打个招呼，那个笑容完全是僵硬的，甚至我一度怀疑自己是不是跑到韩国打了过量的玻尿酸。

再后来，大家把话说开，和好如初。

时间会或多或少会慢慢暴露出一个人背后的缺点，就像是一剂慢性的毒药。这是个魔咒，既然是魔咒，Dione小姐和自以为是先生自然也躲不过。

自以为是先生的缺点对于一个女生而言是致命的。因为他脾气很冲，阴晴不定，生气起来好像全世界都与他为敌；他很吝啬，出门约会绝大部分都是Dione小姐付账；他很幼稚，一心认为这世上的男人只他最好。

就像我说的那样，一次次磨合与宽容伤了Dione小姐的心，就好像瘀血倒流成了内伤，一次又一次，即便曾经治愈也不可能痊愈。曾经磕碰过的花瓶就算再修复也会有细微的裂痕。有内伤就会有后遗症，有后遗症就后患无穷；花瓶有了裂痕就变得脆弱，一旦脆弱就容易变得不堪一击，一碰就碎。

有细纹的花瓶终究会有碎成沙砾的一天。

我去新加坡没多久,他们便说了再见。

自以为是先生显然觉得分手的错并不在他,他对Dione小姐说:“你不可能再找到比我更好的男生。”

这当然是后来在一次通话中Dione小姐跟我说的。

我之所以觉得自以为是先生很可笑是因为,他太过于自以为是了,至今我还是没能明白,他哪里来的勇气能把“你再也找不到比我好的男生了”这句话说得如此理直气壮和有恃无恐。

故事的发展总是伤人心的。

如今Dione小姐找到了属于她的暖男先生,可是自以为是先生至今孤身一人。

我知道,暖男先生是个值得Dione小姐倾心的男生,虽然我也明白,年轻时的感情还没有足够的厚度能担得起永远二字,但至少是安稳的。

暖男先生的身材魁梧，方脸，皮肤黑黢黢的，不是传统女生眼里的花美男，和自以为是先生的唇红肤白比起来完全是两种画风。

Dione 小姐其实是那种很简单的女生，她并不会提出太过分的要求。她只是希望能够找到一个男朋友能有男朋友的样子。

她生病时，暖男先生会在她身边陪伴她，生日时暖男先生会攒钱帮她买个礼物，为了她心甘情愿装扮成 Hello Kitty，只是为了让她开心。

但是这些，我敢打一万个包票，自以为是先生不可能为她做。

14 年跨 15 年的那天晚上，Dione 小姐收到了自以为是先生的信息：

“你过得好吗？”

很显然，Dione 小姐过得很好，过得比和他在一起的时候要好很多。虽然，感情这种东西本身就是冷暖自知的事情，但至少在 Dione 小姐和暖男先生交往的这段时间里，我很少听她抱怨过暖男先生的不是和缺点，反而我听到的更多的是漫溢的幸福和娇腆。

日子过得好不好其实全写在脸上。

Dione 小姐是怎么回复他的，我不知道。只是为他感到可惜，但却也为 Dione 小姐感到庆幸。

我很好奇，若是自以为是先生见到现在幸福四溢的 Dione 小姐，会是什么样的表情。

他对于我而言是一个很好的例子，无论是在什么情况下，人总是不能把话说死，要为自己留下后路。然而，时至今日，我依然记得自以为是先生曾说过 Dione 小姐再也找不到比他更好的男生了。

我们都该明白，无论是谁都不能抱着谁没有谁就活不下去的心态游荡在爱情里。人山人海中，牵手与放手不过就像是轮船靠岸和离岸那样容易。别太看得起自己，你没那么重要，失去你并没有什么可惜，她一时的痛哭流涕不过是为了治愈受伤的自己，然后整装待发，重新牵手。

许多年之后，若有缘相见寒暄，你或许会发现，其实她活得比你想象中更加光彩夺目，因为好女孩都值得被疼爱。

对于 Dione 小姐而言，自以为是先生不过是双不合脚的高跟鞋，或许是鞋头太尖，或许是防水台太低，又或许是鞋跟太细。所以当她把鞋换掉的时候，我该祝福她。

因为高跟鞋是女孩子最好的礼物，但是如果不合脚，就只能换一双或者脱掉，为了走更远的路。

2014.9.13

大概有两年没见过 Dione 小姐了，每次放假我们总有打算要见面，却因为许多巧合事情的发生而耽搁。不过好在我经常能通过好好先生得知她的近况也算是幸事了。除了知道她如今也到了需要实习的阶段，还令我替她开心的是，如今她和暖男先生感情的稳定。上天不会辜负好的女孩，时间不停地走，很开心我们都成长得更加美好了。

— Chapter 21 —

喂，你还年轻，
迷茫彷徨什么啊

其实,我到现在连彷徨是什么意思我都没搞清楚。因为我好像根本就不曾与它们有过什么交集。可是,当我说出这句话的时候,我忽然脸就红了,热辣辣的,因为感到很害羞。说是害羞,应该是害臊。因为说它和我没有交集,这本来就是一句谎言。确切来说,应该是彷徨跟我自身没什么交集,和迷茫一样,它常常出现在我的生活里,我的身边,我身边的朋友身上,反正时常都听得到。

为了更好地和他们交谈,我特地查了"彷徨"和"迷茫"这两个词到底是什么意思。看完,我稍稍懵了一会儿,然后笑而不语。

彷徨的基本意思是:犹豫不决,不知道该往哪个方向走。

迷茫的基本意思是:眼前一片空白,什么都看不清楚,白茫茫的一片,像一团迷雾,没有方向。

我懵了，原因是，我才二十岁不到吧，年纪那么轻，又不需要戴眼镜，视力好着呢。

这一路上，我一直觉得，我的眼睛很美，因为我真实地拥抱过每一个和我相遇的、爱我的人；纠缠过悲欢，咆哮过别离。

我清晰地过滤着路上走过的一个个脚印，丢掉了肮脏的、溃烂的，只封存了丰盈的和美好的。

13年的时候，带着虔诚的心走过了大理的石路，在丽江找到了内心的平静。我一路找自己，慢慢，慢慢走到了新加坡。

14年的时候，我掉进了巴厘岛 Jimbaran 的那片海，被深邃的蓝色包裹着，我知道那是在洗涤。这一整年我自己一个人，独自在外，一个人吃饭，一个人看书，一个人写信，一个人冥想。要知道，一个人的夜，的确特别漫长也特别易黑。

我从不避讳承认我自己孤独，但我一直活得很清晰，也可能是我迟钝或者健忘，我自始至终都不会彷徨，也不会迷茫。你或许会说我过度自信，你或许会批评我故作姿态，但我想说，那些所谓的彷徨和迷茫，都是矫情的惺惺作态。

大概是15年春节前的时候吧，有天我听广播，有两个主持人在聊天，话题是："你的年龄多大？你喜欢你自己现在的生活吗？"

听众的反应很强烈，他们在借此宣泄，为自己激烈地辩论。

"我今年二十二岁。我不喜欢我自己现在的生活，甚至是讨厌。我的工作不是我自己喜欢的，所有的一切都不是我自己想要的，和我的想象完全背道而驰。生活没有希望，我不知道我能再为此做些什么，只是觉得很迷茫，我真的很害怕。"

…… ……

我不敢相信我自己的耳朵。听了太多类似的回复，耳朵像是长满了老茧。从一开始的期待，变成了不寒而栗。满脑子全部都是："我感觉我好迷茫"、"哎，怎么办，我好彷徨"。在那一瞬间觉得这两句话就好像《小苹果》一样洗脑。

我不能理解的是，明明都是一些年轻的少男少女，到底哪儿来的那么多惆怅，生活到底对于他们而言是有多艰难，他们到底是经历了多少的"沧海桑田"。

就连坐在我身边的神经兮兮小姐听了都受不了,连连摇头,操着一口东北腔:“他丫的,矫情做作给谁看哟,我今儿个就真是不明白了,现在的人还都真把自己当公主,到底是哪里来的勇气,梁静茹给的吗?”

我们每个人都有自己的诉求,都渴望被看见,被听见。无时无刻都在幻想期待,有那么一个人站出来力挺你的表现,看到你的努力,听见你内心纠结已久的表达。这些我都能理解,但唯一令我非常困惑的是年轻人的生活状态。

消极、被动、迷茫又缺乏安全感。我不知道这意味着什么,只是知道这很可怕。当一个年轻人告诉你他很迷茫的时候,他到底在迷茫一些什么?年轻是一种姿态更是一种资本,就是那股做什么都不会害怕的劲儿,因为可以不用过分地瞻前顾后,因为还有时间和机会,大不了就是跌倒,跌倒了无非就是再一次站起来。可以去后悔,后悔了也不需要吃药,只需要整装,然后重新出发。

年轻的时候到底迷茫什么啊,连你自己都讨厌自己的生活,那也没有人能够帮助你。更何况绝大部分的无病呻吟本身就是一个天大的笑话。

没什么是值得去彷徨的,彷徨不过像是尼龙绳,绑手绑脚。年轻的时候就去害怕,好像全世界都不随你的意,与你敌对似的。所有的偏激都只不过是你自己强加到自己身上去的负担,难不成当你昭告天下你很彷徨了之后就什么都不用做,只需要原地不动,坐在树桩前“守株待兔”吗?

年轻的时候是没有资格说迷茫的。正因为年轻,所以更应该思考自己想做什么,想要什么,抓紧时间弄清楚自己是谁。有些人可能会说,没经历过彷徨怎么算年轻,没经历过迷茫又该如何成长。可是我们往往都忘了,迷茫是一时的,成长也是一瞬的。迷茫不代表原地不动,彷徨不表示踌躇不前。要知道,迷茫不是永远的,尽自己最大的努力把力所能及的事情做到最好才是永远的。

没有人会可怜一个把过度矫情当成资本的人,一天到晚不停重复着“迷茫”与“彷徨”的人,一点也不可爱,也不值得可怜。年轻的时候,就该出发,才会有收获。

现在迷茫的你,说白了就是不够喜欢现在的自己。不喜欢自己的可能有很多种,有可能是不喜欢现在自己的状态,不喜欢自己所选的工作或者专业,也有可能是不喜欢自己现在的穿衣风格。可是这些又有什么呢?不喜欢自己的状态就去调整,不喜欢现在的工作就跳槽或者休息,不喜欢的专业就问问自己为何当初要做出这样的选择,不喜欢现在的穿衣风格就去多做些新的尝试。慢慢地,你就会发现,这并不困难。留有余地的东西可以改变,既定的事实既然改变不了,那么就试着去尝试然后慢慢接受。一开始或许会很难,但慢慢克服之后,一切自然会迎刃而解,或许你还会谢谢自己够勇敢。毕竟人生如意的事情真的太少,我们真的不能什么都想要。

六月份的时候,我回国为"间隔青年"的公众号做了一个采访,由此机缘巧合认识了有文化小姐,她是一个 gaper,也是"大学生心智成长调查"这一项目的发起人。在整个调查的过程中,她遇到了形形色色的大学生。

我问她,在采访的过程中,发现这些大学生最显著的共同点是什么?

她说,现在的大学生都是很迷茫的,无论是人生中的迷茫、认知上的迷茫,抑或是心灵上的、行为上的迷茫。他们没有自己的想法,只是一味地跟着父母的想法走,"听了许多道理,依然过不好一生"。在大学里,每天都在考虑以后如何就业,而不是真正喜欢这个专业。就拿她们人类学专业来说,许多人都是在无奈的情况下才进入到我们专业学习的,不是每个人都像她一样是有这个理想而选择这个专业。

我还有一个朋友,是杞人忧天小姐。她还很年轻,只有十八岁,正在大好的年纪里,却不知道她真正要的是什么。她是一个抱怨多过努力的人。总是说自己的成绩不好,是因为专业选错。归根结底,是她太高估自己了。论文总是拖到导师下了最后通牒才开始动笔,考试总要死撑到最后一秒才开始复习。她控制不住自己,努力总是挂在嘴边,却甚少看到她为此付出的实际行动。所以我常在心里想,这样的她,无论去到哪个专业,都是一样的结果,不可能有什么改变。换句话说,她是一个自身努力配不上梦想和野心的人,时常羡慕学长学姐的成功,却从未看见别人的成功其实也来之不易。

人啊,要看清自己,迷茫的源头,不过是看不清自己罢了。迷茫是种病,得好好治。其实也没什么难的,把自己和理想同时放在一个水平线上,别把自己看得太高,也别把自己放得太低,把自己力所能及的事情做好,这迷茫的病也好得十之八九了。每个人都值得被羡慕,只是,比你聪明的人都在努力,你又不聪明又不努力,自己不够优秀还怨天尤人,活该没人同情你,活该要去羡慕别人。就好比,长得漂亮的人还会打扮,会打扮还有内涵,你凭什么要求别人看上不够漂亮又邋遢,当不成花瓶又文化有限的你。是同样的道理。宁愿尝试后失败被三振出局,也不要游戏还没开始就选择放弃。

我们总是在伸手不见五指的暗地里寻找光亮,不知疲倦,把自己困顿在黑暗里,倔强前行,总得摔上一跤作为礼物,遍体鳞伤之后，才会幡然醒悟，原来自己就是一直在寻找的答案。

“我今年二十四岁，我挺喜欢自己现在的生活，因为虽然还只是一个普通的银行职员，但是我相信，之后我成为一个服装设计师的梦想一定会实现的，因为毕竟我还年轻嘛，可以慢慢来。”

我还是有些许庆幸，在我听了许多的抱怨、强辩和宣泄之后，我的耳朵终于找到了一股甘甜的清泉。

2015.8.13

最近参加了一个文化沙龙,沙龙里有个议题是:“80后诗人的困境”。当时我就在想:“90后”的困境是什么?脑海里浮现出的第一个词还是“迷茫”。

我们这一代,是在被裹挟中不断妥协的一代。被裹挟并不可怕,妥协也并不是懦弱。其实归根结底,追溯所有迷茫的源头,不过是没有找到一个合适的出口去宣泄个人的情绪。我们迎着这个时代的洪荒走得很吃力。可能是由于创造力被束缚,也可能是由于有许多像我这样年纪的年轻人挡不住太多外物的诱惑。许许多多的年轻人再尝试着挣脱这个时代的枷锁。无奈,它就像是唐僧所念的紧箍咒一样,越挣扎就越紧。他们只好妥协,因为自救的方式不对。甚至有一部分的年轻人,困于枷锁,却不自知。他们既不挣扎也不反抗反而享受,在享受中变得麻木。

换个角度想,为什么他们会找不到宣泄情绪的出口呢?因为父母对他们的期待普遍都太高了。这样导致的后果是,他们陷入了一个误区:达到父母的期待只要取得一个好的成绩即可。也因此,他们很难找到一个说服他们自己的人生意义,唯一的意义或许就是,取得一个好得分数来报答父母吧。可是,我多么的希望他们能够明白,他们的眼里不该只有考试,而是应该装满世界的光和许多无限的潜能。

— Chapter 22 —

我想成为你们的骄傲啊

我的老周先生和老周太太：

见信如面。

现在的你们正坐在飞往新加坡的飞机上，因为后天我就十九岁了。

在十八岁的最后，我总觉得我该说些什么才不枉费了这一年走过的路和伸手摘过的日月星辰。这些话，总是提笔，却又放下，想说的太多，竟不知道该从哪里下笔才好。这封信，或许有点长，但愿你们不会嫌我啰嗦。

首先，在过去的十八年里，我常常在心中生出这样的疑问：我上辈子到底是个什么样的人，到底是修成了什么样的正果，才能成为你们俩的孩子，成为你们的铠甲，也成了你们的软肋？在过去的十八年里，感谢你们让我明白，爱是相互付出的力量,是相互扶持的坚守,是出其不意的惊喜,是柴米油盐的包容,是粗茶淡饭中平凡的暖意,还是彼此眼中的星星和月亮。

十八岁的时候,我开始考虑我自己未来的路。对我而言,心是光明的,前路无论凶吉几何,都充满着光辉与魅力。那个时候,我在心里对自己说,你该做一个心怀世界的年轻人,年轻就该走出去,不该墨守成规地活。然后,我开始说服我自己:高考不该成为我追求向往生活的唯一出路,不应该为此,放弃远方的山川河流,放弃生命该有的温度。

于是,我决定来新加坡。

准确地说,第一次有逃离生活的想法,应该是在初三升高一的暑假。换句话说,流浪到新加坡,绝不是心头一热,忽然间作出的决定。逃离生活,并不是逃避,而是忽然明白,生活不应该是条框,应该大胆地脱离现有的所谓规矩。规矩是人定的,想法是自己的。

我曾一度陷入过自我怀疑,一种对于生活状态的自我怀疑。

早上六点起床,七点十五分准时到校早读,早上四节课,下午四节课，晚上七点到家。在学校里，是永无止境，以分数为目的的考试；回到家里，是深不可测，以提高分数为目的的题海。在临近考试的那两个月，最基本的睡眠，仿佛成了遥不可及的奢侈品。甚至，我竟然静不下心好好地吃一顿晚饭，与你们的交流也越来越少。就连周末，去看一场最新的电影，都变得提心吊胆。

我开始为自己的情绪变得暴躁寻找理由，为自己变得锋利寻找借口。把所有的责任，都推卸给“青春期综合症”。可是我心里明白，病根只是我讨厌这样的生活状态，讨厌这个和我外表长得一样，却对生活失去了热情的木偶。

我很怕你们担心我，所以从来不曾向你们坦承过那段时间里真实的内心。真的很感谢你们，开明地成全了我的任性，才让我该如此毫无保留地将自己撕开，一丝不挂地将自己袒露在你们的面前。

毕竟，我是你们最爱的孩子！

毕竟，你们是我最爱的父母啊！

我做不了一个循规蹈矩的人，因为我想要的东西太多了。很多时候又或许是我太过于爱我自己。我不想看见自己被困在条条框框里，那样太闷了，生活不该只有既定的航线，出其不意的生活才会有趣。我想做一个乖小孩，但同时，我更想成为你们的骄傲。想成为你们的骄傲，我就必须要把自己从当时的状态中抽离出来，我需要寻找自己，需要去找回生活本该有的模样。

把这些憋在心里的话说出来的感觉真是爽爆了！

来新加坡一年了。除了跟你们说声谢谢，我还想跟你们说声对不起。都怪我，因为任性让你们流了多少的眼泪。

还记得我要来新加坡的前一晚，妈妈帮我收拾行李。我坐在床上，阳光透过窗棂上的薄纱，余晖透过她如同波浪般的黑发，将她的影子拉长，斜斜地倒映在棕色的木地板上。她一边为我收拾行李，一边默默垂泪。她问我，为什么就不能好好地把书念完，非得离她那么远呢。我不敢看她，只是说了句："因为我想成为更好的自己。"我从床上跳了下来，踩住了她的影子，仿佛这样，她就会陪着我一直走到我想去的远方。

前些天妈妈和我视频的时候，偷偷告诉我，爸爸你在我离开家后，晚上会依然不由自主地去开我的房门，想要为我盖被子。我记得我去年第一次在新加坡过中秋节的时候，发视频回去告诉你，我很想你的时候，你的眼泪哗地就下来，也是在那一刻我终于明白，你是我结实的肩膀，我是你柔软的心脏。

这一年，说不想家是假的，说没有迷茫过是骗你们的，可是唯一有一点可以肯定的是，我从来没有后悔过我所做的这个决定。我知道我自己孤身一人在外生活你们有多么舍不得，但请你们别再为我担心，我总得学会如何一个人生活。当我第一次送妈妈到机场的时候，当刚到新加坡三天，爸爸就要回国的时候，我忽然间就明白了：人这一生啊，父母与孩子，同窗与恩师，浪人与爱侣，都是为了一场又一场永无止境的告别。没有学会说上一声再见，又怎么会拥有重逢时满心的拥抱？

放心，Uncle William 、Auntie 还有我的室友 Serena 姐姐和 Jay 哥哥都对我很好，很庆幸，因为他们，我在这个陌生的国度里也有了个家。

我承认，我对你们过分依赖，却从未把你们对我的爱当作是一种理所当然。你们总笑我不识人间烟火，又或者常常也会带着玩笑似的口吻说我不懂节省。我想，我应该感谢你们在我身上对我的舍得。我何尝不知道我现在所享受的物质生活并不是那么容易的。可是，谁又容易过呢？正是因为你们的这份舍得，让我觉得，我应该把自己活得更精彩一些，成长得更美好一点，才能够称得上是对你们最好的馈赠和最大的褒奖。

我知道你们爱我，也知道你们把我捧在手心里，谢谢你们给了我这个世界上最丰满的爱。我从不曾害怕去正视自己身上的缺憾和疤痕，既然躲不掉，就应该谢谢这份与众不同的礼物。那都是天使的吻痕，是我值得为自己骄傲的勋章。谢谢你们，在我人生最艰难、最像噩梦的时刻没有选择放弃我。

你们总害怕我受伤，觉得我还很幼稚。可是，真正的依赖是拒绝成长，但我从来没有。我曾经无数次地去想象我人生的模样，却从不希望为自己戴上镣铐和枷锁。我竭尽全力想要活成最美好的样子，不是为了令人称羡，而是为了不在这人世间白走这一回。我有太多的想法准备着去实现，无论靠谱还是不靠谱，现实还是不现实，那些在你们大人眼里看似荒唐的想法，都曾是我内心中燃起的炙热的火焰。

我一直坚信年轻是一种生长的力量。因为年轻所以允许尝试，允许失败，允许脆弱，也允许义无反顾。所以，我觉得我应该勇敢一些，自我纠正，自我修复。世界很大，而我自身的可能性更大。这就好比很多朋友问过我，为什么几乎从来没有看过我穿夹脚拖鞋，甚至运动鞋也很少看我穿。因为在我眼里，夹脚拖鞋过于随意，运动鞋过于舒适，我宁愿被皮鞋磨脚，也要走得铿锵有力，昂首前行，其实我的心里住着一头不安分的野兽，我要我的每一步，都走得从容漂亮。

我想成为你们的骄傲,期待那一天早点到来。

你们的小周,

写在他十八岁的最后一句

2014.6.13

这篇文章真的写得很不容易,虽然是一气呵成,但真的耗掉了我许多的感情,几乎可以说是一边写一边流泪,回忆总是如此撩人。一边写一边回忆自己这一路上走来所克服的困难、遇到的美好的事和温暖的人,然后一边写着,一边被自己所感动万分。

当时写这封信的原因有二:一是,在十八岁的结尾,做一次总结,回望这一年走过的路,与自我做一次和解,和解的目的是为了更好地继续与世界碰撞。二是,希望这封信能成为父母探寻我生活状态的一个途径,也是给他们的一份礼物,同时我也相信,这封信里的许多话,也是许多留学生或者工作在外的人的心声。

不知道我能否成为老周和老周太太的骄傲,这是我内心最纯粹的愿望。但真的要再次感谢我的Uncle、Auntie和我的室友们。有时候,也该记得敬自己一杯,因为每当寒夜来临,需要陪伴,都是你温暖了自己。

— *Postscript* —

后记　万里挑一的有趣灵魂

/不动声色的力量/

张铭泉

前晚和两个相识多年的朋友驱车去世茂双子星,那是厦门近期被频繁报道的去处,据说观景台常挤满围观的旅客和市民,刚开放时还引来一波大堵车,我们三个决定去试试。也大概有一个多月没见,尽管都在一个城市,但越是关系好的人好像越不需要这种日常的联系,有什么事情一个电话或者一条微信,就又搭上了。

到了目的地,先是吃了椰子鸡,执着的我愣是点了和在中航紫金店一模一样的菜,连饮品都没变,这可能是作为朋友圈中伪文青的我，常常会在聚时制造的桥段，大抵想表达的是，不管时间过多久，咱们哥几个的感情不会变之类的，回想起来是很矫情。接着开始了在观景台的闲晃，应该有很久没有看过海，也没有这么放松地和他们说说话了。过去一年很多时间里，我们聚在一起，大多数都在听我疲惫地说着工作与生活，很少能像这样没有任何想抒发的，却也能简单地走走。

我们说了很少的话，大多是无关痛痒的扯淡，再后来和这两个奇怪的城市新景观合了影，然后驱车各回各家。我越来越习惯这种社交模式，越来越讨厌与不能接受那些酒肉场合的无端自 high，越来越懂得其实你在经历了所谓大风大浪后，能不能再次触底回到本真，是一件多么考验忍耐力的事儿。

2016 年的夏天，生活开始不动声色，却极富力量。

朋友劝我，使蛮力生活的人会走得很负重，或者说会进步得很慢。我一直都是一根筋的思维。我问他，那么要怎么才能轻盈地活着，不被世俗的一切所牵绊。这的确很难，但我觉得做到的前提，你学会了放下，放下你所拥有的一切，放下所有人对你的审视，放下你认为会注视在你身上的目光。你与这个世界上的任何一个个体都一样，独立地存活着，各有各自的命运以及安排。

这一年来最多的时候在叹气，直到这个月认识了一个新朋友。和我吃饭时，她一直在笑，我问她为什么笑。她说，因为我从小就话少，但觉得和别人一起吃饭不说话又不礼貌，保持微笑会显得礼貌一点。我说，工作经常挤压你的时间，让你这么疲倦，你哪来这保持微笑的劲儿。她说，不是为了什么而微笑，让自己过得舒服一点就好了。我们相视而笑，窗外是明晃晃的阳光,高温把整个城市的人都要蒸发了,但却也让我们在室内很足的冷气下,偶尔邂逅这样一抹自我保持的微笑。于是,她让我学会了用微笑代替叹气这一个最简单的道理,而我只是做了自己本来应该做的事情。

电台节目在周播节目里得到了前三名的成绩,常被上司戏称为笑话的梦想其实在自己的耕耘里已经渐渐有了清晰的轮廓,我不用再为一两场演出接不着而懊恼,我也不用再像大三那会儿什么都要做什么都得试试,当话筒打开,嘉宾在我旁边,我愿意坐下来用录播或者直播的方式听他们讲故事,学会打量着他们说话的表情,尽量用比较和缓的语气让他们放松,听他们讲故事是这个节目的80%,而另外20%则少部分用来寄托微不足道的梦想和偶尔的听歌情结。我也许就是别人眼中那种死不悔改的人,我知道这个事情不好但就是因为喜欢,怎么也要继续做下去。我试图放弃和退出,后面被拉回来。

一个好朋友跟我说,你每周一小时给自己有这么难吗?等你没有了这一小时,你的生活会因为你的背道而驰而换了颜面,不那么地让你可以依赖了。在每一个人的价值体系和评价中,我们所做的每一件事情都可能会给我们带来不同的判定,关键在于你自己要什么,你知道你在做什么,以及你做这个什么会不会与你现在所处的位置、心态以及环境相匹配。大家都这么忙,谁有闲工夫来插手你的人生。

充其量，仅是茶余饭后罢了。

张铭泉

新东方演讲师、国内外考试部副总监

厦门音乐广播双语主持人

青年写手、教育媒体人

/应该忙碌的时候/

黄子轩

竟许久没动笔了。

灰尘积了很多。

我想其中的原因,一定是忙碌,忙碌。

有个东边学校的朋友,毕业后在一家事务所工作。从九月份开始,他好多次发来信息,询问我当周的闲暇——他一直想约我喝杯咖啡,看看我,仅此而已。可我呢,总是抬头看看日历和备忘录,一再向他致歉。

“歹势啊,今天下午我有个采访要马上出稿,明天一天到晚满课还要审稿，后天要给出印度经济报道的翻译……改天我再和你约吧！”

“……好吧那你忙。”

我总是这样推脱的。我有采不完的访、审不完的稿子、译不完的文章，还有被环境局限着的美妙规划，和学不完的那些想学的东西。再说了，上海这么大，这一杯咖啡的来回奔波，够我做完多少事情啊。

他说，你太要了，这个社会对你没有这么多要求。

可是我有啊。

我知道，并非真的有那么大的必要，把所有的事情都吞进肚子，总没有一个工作，非要我能话天地道乾坤，像瓶万金油一样十八般武艺样样在行。

可是我从小就觉得，影视后期太酷了，自己做特效太酷了，这些制图技术太酷了！这个动画怎么做，这个效果怎么做，怎么传达出我的想法和感受，这些事情都太酷了！

你看，我偏偏就对这几样有长久的向往，也长久地没有机会去体验、去学习、去探索它们。既然现在我有需求、有条件、有意愿，也有热情做这些事情，我也相信我能得到不错的成果，我为什么不做呢？

隔壁系的朋友也说，什么都想做，是因为还没找到真正感兴趣的事情。

我不是不喜欢新闻专业，我只是发现，平常需要的事情，不是只有打印几张 word 文档就能解决的，我也需要多媒体的技艺，不是吗？这是我有兴趣的事情，我愿意为方方面面付出努力。

最近这两年的我，看起来总在朦朦胧胧地忙碌着，光顾着为别人的梦想奔波冒险，可我也不是无头苍蝇般什么都做，我也拒绝了很多事情，排除了很多我不想做、我认为价值不大的事情。

当我偶尔回过头来看这几百个日夜，跑遍图书馆找一本错架的专业书，盯着路口的施工现场，观察各家媒体的面貌和风格，夜深人静时亮着台灯写脚本剪片子做海报，一遍一遍地向新人强调采访的礼貌……这些忙忙碌碌的默片，不正是我为喜爱的事情努力着的身影吗？

室友说，你真的太负责任了，连小组合作的事情都要做到最好，我没办法做到你这样。

这就像是节目里讨论的那个“要不要为同事力挽狂澜”的问题。可是班级里没有人事调动，只有半斤八两的分组。同组的成员可能选择独善其身，可能家财万贯有恃无恐，可能明年就要出国留学，可能对这个专业毫无兴趣只想游戏度日，也可能实在是心有余而力不足……结果在团队合作上，他们都习惯了应付了事，习惯了草草地提出问题然后坐等解决方案，抛出一句能者多劳。这时候我不力他们，亏不了他们，亏的是我。

不是说我有多能耐,可能我也是现学现卖。而我一旦学了力了,哪怕眼下让他们占了便宜赚了安稳,但多余的脂肪是他们的,技术和自信是我的,下一次我也能避开某些能力不足的人。

虽然恨不得一天能有 72 小时,但是科学家说,一天的时间就是这些。多一些忙碌,相对地,也就少了一些闲适。不得不承认,为了“硬的事情”,我确实牺牲了很多休闲的时间。

就拿读书来说,我最近大多都是泡在那些名字里带有“教程”“研究”“理论”字眼的专业书里,看这些书,或多或少都有些功利的目的性,反而那些生活的、有趣的、感性的、纯粹的作品读得少了。

前些天看到一篇文章，说的是如何假装读过名著，不被爱炫耀读书的人嘲笑，内容大致是一句话概括经典作品的样子。我浏览了文章和网友评论，评论里不乏大呼“受教”“实用”“装 × 利器”的赞赏，我真是不敢苟同。有些书被称为名著，于个人而言却不一定好。就像南方人不一定看得懂“京味儿”电影一样，读书不为炫耀争风，自己喜欢，读得有滋味就好，何必迎合别人的夸耀和口味呢？再者，他谈着你没读过的名著，你若能谈些他不曾读过的小册子，又带出一番见解，他有什么底气嘲讽你呢？最后，遇到这样好卖弄的人，不敢说断不与他往来，姑且小心着交往，也不妨尝试与他做其他方面的交流。读文学作品，也要带着自夸这么俗气的目的，这未免太可怕了吧！

这么忙，这么忙，我的忙碌这么大。你能想象，当这些忙碌终于告一段落的时候，看到久违的那类书，会多令人感动吗！

多亏朋友的推荐书目，我终于在空下来的时候，翻一翻买回来几个月没动的那箱新书，居然还真的有他说的那几本——没想到我能一直埋在这些“硬”的字块里，埋到冷静得快要丢了血肉的热情——随笔，散文，故事书，我多久没有拿起这些令人舒服的纸墨了！拿起来翻看，竟有种初体验的新奇和惊喜！合上书，我的手是热乎乎的，嫩滑滑的！我甚至能感觉到我的眼睛亮了三分，我好爱那些迅速浏览过的简短心境，我好爱那些时间的记录，我好爱那个游刃有余的字体，我好爱那踏实好看的排版和印刷！

这种感动，令我相当的震撼！原来我还是一个容易激动到夸张的人啊，一本书草草翻过，就能激起我这么多的爱意！

室友突然问我，12 月有几天？我摸着前几天熬夜熬出的痘痘，不假思索地说，三十一。然后，我悄悄地把左手握拳，开始用右手点数关节的凹凸。一月大，二月小，三月大，四月小……忽然想起来，在童年的课堂上老师手把手教的方法。那般神奇的巧合，初闻时恍然大悟的惊叹的小眼神，回到家急着向爸妈炫耀的雀跃，原来是这样深刻地保存于心，同时隐秘得难以察觉。

真的爱意，是不会随随便便就忘掉的。恰逢一天阳光正好，灵感迸发，总会有一个契机带我回去，恍惚间，也就会被自己感动。

我面前是一个背着书包的中学生。他的校服很干净，一只耳朵里塞着蓝色的耳机，留出一只耳朵来听地铁的报站。

我看着他，回想起几年前的自己：背着书包跑上公车，摘掉耳机对司机先生说“谢谢师傅”，走进车厢看到认识的同学，一路有说有笑，下了车发现兜里的诺基亚 N78 不见了，第二天到学校哀嚎“我手机被偷了！”……

啊，那段时光是多么曼妙轻快。

不过现在,也是我该忙碌的时候了。

黄子轩

青年作家,媒体路上行践者

代表作:《阴雨花未落》

/生命好在无意义/

杨冠群

一

7月的夏天,夜晚的帝都灯光闪耀,因为暴雨,车窗被打的钉钉作响,车流拥堵,挪动缓慢,不耐烦的喇叭声一阵接一阵。

我的朋友外地人杨小姐,正坐在赶往首都机场的快车上…

“下面播报天气情况:北京全城特大暴雨,首都机场取消

180 多趟航班……”

“这都快半个小时了，才开出去几百米。现在连开滴滴都要北京户口了，我这也就趁着周末跑跑，还遇上大雨。要我说，北京人谁干这活啊，多累啊，人手里头都好几套房，也就咱们外地人。”司机挺不耐烦的抱怨着。

二

是啊，也就咱们外地人。

杨小姐打车的地方叫“后厂村”，起头是滴滴，往西是百度、网易、新浪，还有没完工的腾讯大楼。几年前，这片的房价也就几千块钱，各大互联网巨头随便一凑，现在已经涨到了七八万一平。就房价，是要把外地人赶出北京啊！“你们外地人在北京混不下去，还能回老家；我们北京人回哪啊？”神似凌潇肃的 D 哥对着外地姑娘小杨义正言辞地说。

在后厂村有两类员工，一种是像杨小姐这样的外地人，名牌大学毕业，为了生计每天加班加点，背井离乡争强好胜，就盼着能在大城市立住脚；还有一种，是像 D 哥这样的北京土著，手里握着几套房，对升职加薪一派淡然，钱不多事少离家近也挺好。

“女孩子,嫁个北京人不就完了”,这是老家亲戚们给出的捷径。真这么简单就完了? 杨小姐不喜欢D哥,甚至有点莫名讨厌他。讨厌他问她租的那套房子多少钱,然后默默补一句“我家二环那套租便宜了”;讨厌他喂鸟养鱼玩物丧志,还有时间跟同事称兄道弟逛花卉市场;讨厌她经过层层筛选才进的公司,他愿意来的理由是“我家在五道口,够近”。

三

除了公司例行的早上好再见,杨小姐和D哥几乎没有交集。

像往常一样,杨小姐深夜加完班,去公司附近的餐厅吃饭。莫名其妙,被一个人高马大搭讪的黑人缠住了,拉着她不放。她家住的不远,只是后厂偏僻,远离繁华,到了晚上白领们住在更便宜的郊外,这里像个鬼城,而且这个点不好打车,她不敢冒然独行。

杨小姐刚来北京,跟大多数人的交流停留在线上,朋友不多，大叔算一个，他们都创过业，被骗过钱，去法院告过状，曾经风光的接受各种电视采访，也落魄到吃碗拉州拉面都心疼。杨小姐给大叔发了微信大概说明了下情况，末了，又补了句我害怕，但是那头迟迟没有回复。杨小姐又翻了翻通讯录，愣了愣，不知道找谁，这个城市的冷漠，她有点难过。

最后还是D哥第一时间赶到了现场，他拍了拍杨小姐的肩，有点上气不接下气："诶，有水吗？我从家里开车过来，这边没地停车，太操蛋了，只能停远了，一路小跑。"

一起出了门口，杨小姐看了看周围，除了那个搭讪的黑人，果真还有几个黑人，他们一路指指点点，看着小杨上了D哥的车才算散了。小杨倒吸一口冷气，心想要不是自己偷拍黑人照片发朋友圈想作为日后报警证据，D哥从图片认出了餐厅及时赶到，今夜还不知道要出什么事。

四

坐在车里，杨小姐第一次仔细端详D哥，是一种温和清秀的长相，睫毛浓密，眼睛明亮，带着北京男孩的懒散落拓，"诶，有没有说过你长得特别像一个明星，凌、凌潇肃？"

"那是谁？"

“姚晨她前夫。”

“滚！小爷长得才不像他,像佟大为好吧！”

“其实……我觉得凌潇肃还挺帅的啊。”

D哥的车开进杨小姐的小区了,大叔才发来一条消息,对不起啊,刚才在陪客户吃饭,你没事就好。如果我真的出事了呢？杨小姐有无数的话想要问,写了删,删了写,最终还是只回了个嗯。

五

北京的落户政策一严再严,连找个北京人结婚都得8年才能拿到户口,当初的玩笑话成了笑话,杨小姐觉得有点讽刺。她是个姑娘,不是只会工作的机器；她学会了妥协,打算和世界握手言和,离开北京。临走,请D哥吃饭。

工作呢？找好了；户口呢？办好了；房子呢？慢慢来...问到最后,D哥正襟危坐,杨小姐以为什么大事,没想到他神秘兮兮问:“你真的跟我一样大,是90后吗？”

“不然呢？我长得有那么老吗？要看身份证吗？”杨小姐一脸嫌弃。

“哎呀,我不是说你长得老,你别误会,我不是那个意思。

我的意思是，你好像跟我很不一样，就是、就是比较成熟。”杨小姐看着D哥抓耳挠腮的样子，忍俊不禁，她好像没那么讨厌他了，因为他的纯真善良，谅解了他的幼稚优越。

至于大叔，他们早就没有了联系，默契地。

到了这个年纪，我们每个人都开始明白，把人当做信仰来爱太遥远，只需要一个愿意陪自己的人；想陪你吃饭的人酸甜苦辣他都爱，想送你回家的人东南西北都顺路。

六

杨小姐身边的好多朋友，包括我，都是后来才知道她离开了北京，仿佛她从来没把这个当做一件大事。

其实我好明白她的这种感受，从小到大，我们都在学习进取努力，逆水行舟；甚少涉略急流勇退，韬光养晦，更别提安贫乐道，乐天知命。生活这个东西真的很随机，一念之差就可能是另一种人生，故事说到这，与其用力，不如随心。“生命好在无意义，才容得下各自赋予意义。假如生命是有意义的，这个意义却不合我的志趣，那才尴尬狼狈。”

用杨小姐发在朋友圈里的话说,选择离开,是为了更好的开始。

杨冠群

BAT 市井小民

知乎娱乐博主

Gap Year 倡导者

特别鸣谢

王永盛

丽丽周

陈金山

陈小琮

徐瑞芳

纪思梵

施易成

唐丢丢

颜梅蓉

谢谢你活成一只温暖的刺猬

图书在版编目(CIP)数据

愿你日后想起会被自己感动 / 周钰淇著 . -- 北京 : 线装书局 , 2017.8

ISBN 978-7-5120-2833-3

Ⅰ . ①愿… Ⅱ . ①周… Ⅲ . ①随笔–作品集–中国–当代
Ⅳ . ① I267

中国版本图书馆 CIP 数据核字 (2017) 第 191460 号

愿你日后想起会被自己感动

作　　者:周钰淇
责任编辑:曹胜利
出版发行:线装書局
　　地　址:北京市丰台区方庄日月天地大厦 B 座 17 层(100078)
　　电　话:010–58077126(发行部)　010–58076938(总编室)
　　网　址:www.zgxzsj.com
经　　销:新华书店
印　　制:廊坊市旭日源印务有限公司
开　　本:880mm × 1230mm　1/32
印　　张:7
字　　数:138 千字
版　　次:2017 年 8 月第 1 版第 1 次印刷
印　　数:0001—2000 册

线装书局官方微信

定　　价:39.00 元